PLACE ROYALE

Du même auteur

Françoise de Grignan ou le mal d'amour, Fayard, 1985 (couronné par l'Académie française).

Bussy-Rabutin, Fayard, 1992 (Prix de Culture bourguignonne, 1992).

Henriette d'Angleterre, duchesse d'Orléans, Fayard, 1995 (Prix O.C.B., 1996).

La dame de Vaugirard, Lattès, 1997.

Mademoiselle, duchesse de Montpensier, Lattès, 1999.

Madame l'étrangère, la princesse Palatine, Lattès, 2001.

www.editions-jclattes.fr

Jacqueline Duchêne

PLACE ROYALE

Le roman d'une mère

JC Lattès

1.

Une belle-mère trop parfaite

Décidément, Marie ne peut trouver le sommeil.

Oh, elle n'est pas fâchée que sa mère lui ait parlé de son mariage. Elle aura vingt ans l'été prochain. Il est temps. Et puis, elle sait bien que les filles n'ont pas voix au chapitre dans le choix de leur époux. On lui répète assez que le mariage est un « établissement naturel et salutaire », et l'affaire des parents. Ce sont eux qui y réfléchissent, eux qui décident. Comme pour tout achat de carrosse, de maison ou de cheval.

D'ailleurs les siens ne sont pas des bourreaux. Mais tout de même ! Elle n'a pas encore rencontré celui qu'on lui destine pour époux, et pendant des heures, cet après-midi, sa propre mère lui a rebattu les oreilles des perfections de sa future belle-mère, une baronne de la plus haute volée, veuve d'un Rabutin-Chantal dont les aïeux remontent aux Croisades.

Incroyable !

Plus incroyable encore : demain on la mène dans le couvent de visitandines que cette dame a fondé, là tout près, rue Saint-Antoine. Elle aura une belle-mère religieuse, mais oui !

Et même l'épouse spirituelle de l'évêque François de Sales. Celle qui a fondé avec lui l'ordre religieux de la Visitation et assume maintenant en Savoie et en France la responsabilité d'un nombre imposant de monastères.

Et pourquoi la mène-t-on demain au couvent ? Pour parler de son mariage, a dit vaguement sa mère. Sûrement pour la juger, elle, Marie. Sans doute aussi pour rencontrer cette fameuse belle-mère, qui a mis au monde cinq filles – une seule est encore vivante – et un fils. Vraiment la plus inattendue, la plus austère, la plus pieuse, la plus exigeante, la plus extraordinaire des femmes...

Un destin peu banal assurément. C'est ce qui inquiète Marie.

— Cette dame si parfaite m'a choisie pour son fils unique, se dit-elle en quittant sa mère. Pourquoi ?

Elle a rejoint dans sa chambre Lisa, sa gouvernante, et lui a tout raconté.

— La baronne de Chantal ne m'a jamais vue, a-t-elle gémi. Quand elle me rencontrera, je ne pèserai pas lourd devant elle. Je ne sais rien faire, a-t-elle continué en regardant ses mains blanches et fines. Cette femme a soigné des pauvres – de ses mains –, tenu les comptes de sa maison, dirigé ses enfants, surveillé les architectes qui aménageaient ses monastères. Plus forte encore que la femme forte de l'Evangile...

— Mais vous savez jouer du luth, a rétorqué Lisa en regardant tendrement Marie, tenir les rênes de votre cheval à la promenade, broder – un peu –, surtout lire et écrire, ce qui n'est pas fréquent. Vous composez même de délicieux poèmes et des lettres plaisantes. Vous aimez la littérature comme l'illustre cousin de votre mère, Théodore de Bèze, vous...

— Est-ce que ce sont vraiment des qualités ? l'a interrompue Marie. Quel est mon mérite à moi ? De quoi aurai-je l'air en face de cette belle-mère hors du commun ?

— De ce que vous êtes, mon enfant. Une charmante demoiselle promise au plus bel avenir. Oui, un délicieux bouton de rose..., ma douce.

Lisa ne va pas lui jeter à la figure que le choix de la baronne de Chantal est de pur intérêt. Et que le principal mérite de la jeune fille aux yeux de la dame est sa dot, sa dot et la fortune de son père. Voilà pourquoi elle l'a choisie pour être l'épouse de son fils unique.

C'est vrai, mais ce serait cruel à dire. Mesquin aussi.

Lisa de Saignon est toujours tentée de se montrer envieuse et dénigrante quand il est question de titres nobiliaires et d'argent. Elle déteste les nobles qui cherchent dans des mariages avantageux de quoi redorer leur blason. Cela la met mal à l'aise.

Elle-même est née dans une famille provinciale ruinée, mais apparentée à la meilleure noblesse comtadine. Devenue veuve très jeune d'un commis aux écritures de Philippe de Coulanges, elle a été engagée par lui comme gouvernante de sa fille aînée. Une aubaine inespérée ! Pour elle. Evidemment. Mais aussi pour lui. Mieux que son excellente éducation, l'arbre généalogique de la jeune veuve fut un mérite majeur pour le richissime financier, désireux d'oublier ses modestes origines et de faire progresser sa famille dans la hiérarchie sociale de son temps. Depuis huit ans d'ailleurs il n'a cessé de se féliciter de son choix. Marie a reçu une éducation raffinée et elle adore Lisa, qui le lui rend bien.

Mais ce soir elle n'a pas réussi à calmer la jeune fille.

— Et de mon fiancé, ma mère ne m'a rien dit, a continué Marie, la bouche triste. Que ses prénoms, Celse-Bénigne. De grands saints patrons, affirme-t-elle. L'un, martyr né à Milan, est fêté le 28 juillet, comme saint Nazaire, et l'autre est vénéré en Bourgogne. D'où Mme de Chantal d'ailleurs est originaire. Son père, le président Frémyot, appartenait au parlement de Dijon.

Ah, oui. Lisa se souvient. Le mariage a fait du bruit en son temps. A cette génération-là aussi, ces nobles en mal d'argent, ces Rabutin, n'ont pas hésité à « fumer leurs terres ». C'est ce qu'ils murmurent pour s'excuser devant leurs semblables de s'allier, ou plutôt de se mésallier, avec des gens de robe ou des financiers.

La baronne, entrée dans l'orgueilleuse famille des Rabutin-Chantal, n'oublie sûrement pas qu'elle est née Jeanne Frémyot. Aujourd'hui, pour renflouer les finances de son fils, elle renouvelle la manœuvre éprouvée qu'a réussie jadis sa belle-famille.

Toute la soirée Marie n'a cessé de se désoler.

— Pas même un portrait en miniature de mon promis. Comment est-il, ce Celse-Bénigne, à qui on va me lier pour la vie ? Que se passera-t-il demain dans le couvent de sa fameuse mère ? Sera-t-il là, au moins ?

Rien n'a pu apaiser son inquiétude. Pas même la musique, qui d'ordinaire lui apporte une détente bienfaisante.

Avant de se mettre au lit, docile aux conseils de Lisa, Marie a pris son luth, un bel instrument dont la caisse de résonance en forme de poire brille agréablement. C'est l'œuvre d'un élève de Jean Desmoulins, le faiseur de luths renommé. M. de Coulanges a souhaité que sa fille joue de l'instrument préféré du roi, et lui a offert pour jouer ce qui se fait de mieux.

Marie prend plaisir aux leçons que lui donne le maître Lenclos, plaisir aussi à jouer pour elle-même et à chanter en s'accompagnant. Elle a commencé un des morceaux qu'elle connaît par cœur, une suite de danse de Mésangeau, sur un rythme de gavotte.

Comme elle est ravissante, se dit Lisa, avec ses cheveux dorés, ses yeux bleus en amande, ses sourcils bien dessinés, son petit nez, ses lèvres encore gonflées d'enfance, bien droite sur sa chaise à haut dossier, le luth contre elle, ses doigts délicats s'activant sur les cordes.

Elle voudrait que Marie cesse de s'inquiéter. Elle l'encourage :

— Chantez donc, Marie, les paroles qui vont avec cet air. Vous savez bien, « Dans nos maisons, en nos places publiques, ce ne sont que festins, ce ne sont que musiques... ».

Mais le cœur n'y est pas. La jeune fille, très vite, interrompt la gavotte. Le luth, inerte, glisse de ses genoux sur le tapis.

Lisa, navrée, lui a fait monter une tasse de lait chaud.

Le temps passe. Marie ne dort toujours pas.

Elle déteste le noir. Mais elle a dû souffler en se couchant la chandelle placée à côté de son lit. Pas question de laisser des veilleuses dans les maisons. Le danger des incendies n'est que trop réel. Et l'on raconte aux enfants qui ont peur du noir comment on refusait au roi Louis XIII, encore enfant, la bougie qu'il réclamait en hurlant quand il s'éveillait dans l'obscurité.

Aucune lueur ne vient de la cheminée. Ces deux premiers jours de mars ont été incroyablement doux, et l'on a cessé de faire du feu dans les chambres. Philippe de Coulanges a beau être très riche, posséder une des plus vastes maisons de la Place Royale : il n'oublie pas ses origines, il sait qu'un sol est un sol. Et sa femme ne saurait être d'un avis différent.

La jeune fille se tourne et se retourne dans son lit. Tout l'agace. La courtepointe de plumes pèse comme du plomb sur ses jambes. Il lui semble que la dentelle de son oreiller lui irrite la joue. Elle pense au mariage. Elle se remémore ses brèves conversations de l'an dernier, avec sa sœur Henriette, de trois ans sa cadette. Leur mère venait de mettre au monde son treizième enfant, Angélique, morte peu après, en juillet.

— Pourquoi nos parents ont-ils tant d'enfants ? Peut-être parce qu'ils sont riches, s'étonnait naïvement Henriette.

— On dit que c'est une bénédiction de Dieu, d'avoir des enfants, continuait gravement Marie. Mais si c'est une bénédiction, pourquoi Dieu en fait-il mourir tant ? Regardez, sur ces treize enfants, il ne nous reste que cinq frères, pas une sœur.

— Donc, ce n'est pas la peine d'en faire, remarquait Henriette.

— Pourtant Dieu ne peut pas être méchant, concluait Marie. Alors ?

Pauvres petits conciliabules d'innocentes que parents et grands-parents tiennent soigneusement éloignées de ce qui touche à l'amour.

Car chez eux, on ne parle d'amour que pour Dieu. Nulle caresse en public, nul abandon, pas même entre mère et fille, tout juste parfois un mot aimable. C'est la même chose dans les familles des amies que Marie côtoie au Marais, chez les d'Ormesson, les Villequier. Et puis en même temps, toutes ces naissances, dix, quinze, fréquemment... Pourquoi ?

Mystères de la vie qui parfois procurent à Marie de délicieux effrois, des interrogations passionnantes, mais qui, ce soir-là, dans son lit, lui causent une angoisse grandissante à mesure qu'elle approche de l'inconnu.

Pourtant, se dit-elle, il est des femmes qui sont heureuses d'avoir un amoureux. Elle revoit les sourires extasiés, les poses abandonnées des jeunes filles qu'elle a découvertes dans un des livres de *l'Astrée.*

Cela, elle ne l'a pas dit à sa sœur.

Trois ou quatre fois, elle a feuilleté un des volumes du roman d'Honoré d'Urfé dont on parlait dans le salon de Mme de Coulanges. Quand Marie était là, les dames y faisaient allusion à mots couverts, maladroitement, avec des phrases embarrassées, vite interrompues, mais elles avaient les yeux brillants, les joues roses. Cela avait intrigué la jeune fille.

Elle a ouvert en cachette dans la chambre de sa mère le premier des quatre volumes parus de cette fameuse *Astrée.* Craignant d'être découverte, elle n'a pas eu le temps de lire grand-chose. Mais elle a vu la gravure où une femme, un sein nu, le visage pâmé, regarde son amant, – « le chevalier le plus illustre de la contrée », dit la légende. De sa main gauche, il lui tient la cuisse.

Sur deux autres gravures, elle a admiré, elle, la petite Parisienne de la Place Royale, d'autres bergers et bergères qui se déclarent leur flamme au pied des arbres, au bord des rivières, près de leurs moutons. Elle a rêvé d'eux mille et mille fois, et de cet amour qui, disent-ils d'après les sous-titres des gravures, « ne se nourrit que d'affection ».

A la volée, elle a attrapé quelques phrases. Le cri douloureux d'un amant privé de sa maîtresse : « Hélas, qu'elle me manque ! Elle vivait en moi. Je vivais tout en elle. » Et puis le début d'une chanson sur le désir d'aimer et l'ignorance de l'amour : « Quel est ce mal qui me travaille sans que j'y trouve remède qui vaille ? »

Alors, les joues en feu, elle aussi, elle s'est sauvée de la chambre de sa mère pour courir chez elle copier, dans un de ses petits carnets de toile brune, les mots qui lui donnaient de telles jouissances.

Dans l'obscurité, tout cela lui trotte dans la tête.

Elle a dû s'assoupir. Voici que l'aube pointe à la fenêtre de sa chambre. L'aube du 3 mars 1623. Que lui réserve cette journée ? Une rencontre avec son fiancé, avec sa belle-mère ?

Trop nerveuse, elle n'a pas fermé hier soir les rideaux de son lit à baldaquin. Elle avait peur de s'étouffer... Pourtant ils sont d'un taffetas léger, finement rayés de vert et de blanc – le vert, la couleur préférée du roi –, assortis aux tissus des murs et des sièges de la pièce, aux rideaux de la fenêtre dont les multiples petits carreaux sont en forme de losange.

Dans le jour naissant, elle aperçoit à droite le cabinet d'ébène, offert par son père pour ses seize ans. Ses portes sont égayées de panneaux de cuivre sculptés de fleurs et de fruits. Non loin, une table d'ébène aux pieds incrustés de cuivre supporte les plumes et les carnets de Marie. Un tapis de Turquie couvre en partie le sol dallé de grands carreaux noirs et blancs. A la ruelle de son lit, une peinture sur bois montre un enfant tenant un perroquet. A son chevet, un tableau d'albâtre représente Notre-Dame, sa sainte patronne. Et l'immense maison de son père, avec son escalier majestueux, sa grande salle du premier, ses chambres nombreuses et vastes, ses plafonds aux poutres ornées de guirlandes de fleurs, l'entoure comme un cocon rassurant.

Faudra-t-il s'arracher à tout cela en se mariant ?

Près du lit, sur un petit guéridon, traîne la tasse de lait que Lisa lui a fait monter la veille. Marie y a tout juste trempé ses lèvres. Maintenant la peau du lait froid est toute plissée, c'est un réseau de rides entrecroisées comme celles des joues exsangues des vieilles femmes. Vivra-t-elle assez longtemps pour avoir des joues pareilles ?

D'un bond elle saute du lit. Elle veut se voir dans son miroir au manche argenté, s'assurer que ses joues sont rondes et roses. On lui a appris qu'il est mal non seulement de toucher son corps, mais même de le contempler. Il n'empêche.

Malgré l'inquiétude qui la taraude depuis la veille, elle est heureuse de se sourire dans son petit miroir. Ses dents sont parfaitement blanches et régulières.

Comme les perles du collier qu'elle aimerait tant posséder.

Ensuite tout va très vite. Lisa accourt. La Gohory, la plus accorte des femmes de chambre, vient coiffer la jeune fille. Elle lui fait une coiffure à la mode, les cheveux frisés sur les côtés – on les appelle des bouffons –, très plats sur le dessus de la tête et ramenés vers le front en une frange courte. Pas tellement seyant pour les visages flétris. Mais à l'âge de Marie ...

On lui passe une robe sage.

Les Coulanges évitent les vêtements voyants, l'accumulation des dentelles, des passements. Par sincère humilité chrétienne. Certainement. Mais aussi parce qu'ils fuient l'ostentation qui les désignerait comme des parvenus. Cela ne les empêche pas d'apprécier la beauté des objets quotidiens, leur commodité, et de s'en servir. D'ailleurs la présence chez eux de cinq garçons à qui ils ont acheté des terres et des titres, qui seront mêlés probablement à la vie de cour, les pousse à des compromis de plus en plus fréquents avec la mode.

Marie porte donc cette robe sage, blanche, mais faite du drap de Flandre le plus moelleux, parfaitement adapté à la douceur de ce début de mars.

Tout à coup frères et sœur envahissent la chambre de la jeune fille. Le bruit s'est répandu dans la maison qu'on l'emmène à la Visitation, qu'il est question de mariage. Comment ? Pourquoi ?

Ils veulent voir Marie, l'admirer.

Henriette, la première. En silence. Les jeunes filles se

sourient, complices. Christophe, le frère de seize ans, arrive à son tour, l'air compassé, comme à son ordinaire. Ses cheveux coupés court accentuent la rondeur lunaire de son visage. Loin de lui les fantaisies vestimentaires de leur frère aîné, baptisé Philippe comme leur père. Il porte un costume noir, sévère, analogue à celui des magistrats ou des parlementaires. On murmure dans la famille qu'il se fera prêtre. Il prie Marie d'excuser l'absence de leur aîné, retenu par une leçon d'équitation.

Les petits frères accourent bientôt. Bruyamment. Louis frappe à coups redoublés sur son tambour. Il a neuf ans et ne rêve que de batailles. Charles aura sept ans dans quelques jours et, comme les enfants de riches, étrenne à cette occasion son premier costume d'adulte en miniature. Il crie :

— Admirez, Marie, mon haut de chausses de satin bleu. Et ma collerette blanche. Et mes bottes à revers comme notre roi.

Marie regarde tout son petit monde affectueusement. Jamais elle ne pourra les quitter. La panique la gagne. Les larmes lui montent aux yeux.

Lisa le voit. Il ne faut pas...

Alors elle lui glisse :

— Allons, ma douce, rassurez-vous. On vous mène au couvent. Mais ce n'est pas pour vous y enfermer.

2.

Visite à la Visitation

De l'hôtel des Coulanges à la Visitation, il n'y a pas loin.

L'hôtel donne sur la Place Royale. Il fait partie d'une grande opération d'urbanisme imaginée par Henri IV et entreprise juste avant sa mort. Le roi voulait une place carrée de vastes dimensions, bordée de trente-sept pavillons de même hauteur, de même style – celui de la Renaissance française –, tous en pierre et brique, pourvus au niveau du sol, sur tout le pourtour, d'arcades identiques.

Il l'a voulue aussi havre de paix, lieu de promenade et de repos, à l'écart de la circulation bruyante de la rue Saint-Antoine, proche et très passante. C'est pourquoi on n'accède à la Place – et on n'en sort – que par trois passages fort étroits. En fait par les deux arcades des pavillons du Roi et de la Reine, situés en vis-à-vis au centre des faces nord et sud, et par une troisième arcade à l'angle nord-est.

Avisé, le père de Marie a acheté, dès la conception du projet, peu avant la naissance de la petite fille, une parcelle et demie, et non pas une, comme il était prévu. Il a fait construire sa demeure en conformité avec le plan royal – deux étages, balcons au premier, mansardes et grenier sous un toit à pente très raide –, mais elle a six fenêtres et six arcades sur la Place Royale, au lieu des quatre habituelles, et s'étend à l'arrière le long de la rue Royale, encadrant cours et jardin.

Marie connaît le chemin vers la Visitation. Elle le fait souvent quand elle part se promener en carrosse. Il suffit de suivre la rue Royale et de tourner à gauche pour déboucher rue Saint-Antoine.

C'est là que sont établies les visitandines, dans un espace compris entre cette rue, la plus large de Paris, et celles, très étroites, de la Cerisaie et du Petit-Musc. Une folie que fit là leur fondatrice, la mère de Chantal !

Dans ce quartier en pleine expansion, elle acheta à prix d'or les anciennes dépendances du luxueux hôtel de Zamet, le fils d'un cordonnier de Lucques, devenu banquier richissime. Et engagea ensuite les frais d'aménagement indispensables.

C'est qu'elle voulait absolument que les religieuses quittent leur première maison du faubourg Saint-Michel. Elles y étaient coincées entre deux tripots et entendaient nuit et jour le tintamarre des joueurs et les cris des prostituées.

Par bonheur le pieux Louis XIII dispensa les visitandines endettées des taxes les plus lourdes. Mieux encore, elles eurent tout de suite le vent en poupe. Les novices affluèrent et les dons aussi.

Marie n'ignore pas qu'une de ses cousines germaines, Jacqueline, est entrée au monastère parisien dès son ouverture, et que les parents de Jacqueline se sont engagés devant notaire non seulement à subvenir à l'entretien de la religieuse mais aussi à donner au couvent une belle somme chaque année.

Mère et fille sortent maintenant par la porte principale de l'hôtel, rue Royale, et s'installent dans leur carrosse. L'une est suivie de Nanon, la plus âgée de ses trois femmes de chambre, l'autre de Lisa.

Même pour un trajet si court, Mme de Coulanges a fait atteler. Non pas le lourd carrosse d'apparat à double fond, doublé de satin écarlate, au toit couvert de cuir, mais le carrosse plus léger, tiré par deux chevaux blancs, aux roues peintes en vermillon et doublé de velours brun.

L'équipage attend le signal du départ, le cocher sur son siège, les deux laquais en livrée noir et rouge accrochés à la caisse du carrosse, tandis qu'un écuyer à cheval se dispose à cavalcader près de la portière de gauche. La jeune fille, le cœur battant, tâche de ne pas montrer son impatience. Lisa de temps en temps lui jette un regard rassurant.

Une foule de badauds regarde la sortie de ces dames. Alertés par le bruit, des curieux interrompent leur promenade sur la place et accourent aussi pour les voir. Ils les connaissent, ces privilégiées qui ont la chance d'habiter la Place Royale. L'air est doux, les rideaux de cuir du carrosse sont remontés. Ils pourront à loisir les contempler, détailler leurs habits, leurs coiffures...

Ils le peuvent d'autant plus qu'avant même de s'ébranler, la voiture des Coulanges s'immobilise. Deux autres véhicules bloquent le passage. L'un est à l'arrêt. Le cocher du second vient de se rendre compte qu'il s'est imprudemment engagé dans la mauvaise direction.

— Maudite place, grommelle-t-il. Si difficile d'accès ! Commode seulement pour les riverains...

S'il s'y engage en passant sous l'arcade du Roi, il est perdu !

Il lui faudra franchir les allées de la Place encombrées de piétons et de cavaliers, passer sous l'arcade de la Reine pour sortir, et il se retrouvera alors dans l'étroite rue du Parc-

Royal, barrée bientôt par la rue plus étroite encore des Minimes... Un labyrinthe dont il veut s'échapper au plus vite en faisant faire demi-tour à ses chevaux.

Mais la manœuvre est malaisée. Les trois volumineuses voitures se gênent. Un des chevaux de l'imprudent conducteur se cabre, les autres hennissent, les cochers s'invectivent, les laquais courent dans tous les sens, les badauds ricanent.

Trois vendeurs ambulants tentent d'écouler leurs marchandises, un marchand de maquereaux, un de peignes et de couteaux, une jeune femme avec un grand panier rempli de biscuits de Hollande.

— La pauvre, remarque Nanon qui a son franc-parler dans la famille, elle ouvre la bouche, mais on ne l'entend pas, tellement les autres vendeurs crient à s'époumoner.

Personne ne lui répond. Lisa s'inquiète de Marie, qu'elle sent tendue.

Mme de Coulanges n'aime pas les biscuits de Hollande. Imperturbable, car elle est habituée aux embarras et aux cris de Paris, elle met d'ailleurs à profit l'immobilisation de son carrosse pour parler à sa fille.

— Marie, vous allez rencontrer au couvent monseigneur André Frémyot, archevêque de Bourges, le frère de Mme de Chantal. Il a cinquante ans, un an de moins que sa sœur. C'est un homme exquis, cultivé, bienveillant, généreux.

Allons bon, se dit Marie, après l'éloge de la belle-mère, voici l'éloge du frère de la belle-mère !

— Il s'est installé voici deux ans Place Royale, non loin de chez nous.

— Il ne réside donc pas à Bourges ? s'étonne Marie.

— Non. Il a été victime d'une injustice du prince de Condé, qui l'a obligé à se démettre de son diocèse. Il demeure archevêque, mais habite où il lui plaît.

Elle continue avec un sourire satisfait :

— Le Marais lui a paru le meilleur quartier de Paris, et « notre » Place le plus prestigieux endroit...

Certes, Mme de Coulanges, par humilité chrétienne, déteste la vantardise, mais elle a toujours dans l'esprit qu'elle est, avec son époux, l'heureuse propriétaire de l'un des trente-sept pavillons qui bordent la délicieuse place blanc et rose. Cela se sent parfois.

— Monseigneur Frémyot aime beaucoup notre famille, vous le constaterez, mon enfant. Il aime aussi beaucoup son neveu Celse-Bénigne. Ah, voici que nous partons...

Il est temps. Marie n'en peut plus. Qu'est-ce que ce nouveau personnage qu'on lui annonce ? Comment va-t-il la juger ?

Elle doit vite se rendre à l'évidence. Monseigneur Frémyot est un homme sinon exquis – comme dit sa mère –, du moins rassurant.

Pas très grand, corpulent, l'air bonhomme, il porte sur des cheveux courts poivre et sel la calotte violette. Son sourire s'ouvre sur des dents noircies, mal plantées, ébréchées même, mais c'est un sourire affable.

Après les salutations d'usage, il parle longuement. D'une voix lente, peu timbrée, il évoque l'alliance prochaine des Rabutin-Chantal et des Coulanges, ces dignes familles de France qui n'étaient pas destinées à se rencontrer, mais que le Seigneur, dans sa toute-puissance, a rapprochées... Puis avec lyrisme il s'étend sur les mariages écrits dans le Ciel.

En réalité, Monseigneur ne s'est pas contenté de lire dans le Ciel. Il a pris des renseignements sur les Coulanges et les activités du père. Il sait, comme tout le monde, que Philippe de Coulanges est un homme d'affaires, un « partisan » qui lève les impôts et se porte adjudicataire de certaines fournitures, au nom du roi, bien sûr, mais en prélevant pour lui-même de juteux bénéfices.

Il a aussi épluché les rapports recueillis sur les entreprises du financier. Par exemple l'adjudication de cinquante mille pains par jour pendant trois mois pour l'armée de Meuse, en 1610. Mieux encore la levée de la gabelle – le fameux impôt sur le sel si détesté ! – qu'il collecte dans près de la moitié de la France depuis sept ans.

Il a épluché encore les rapports sur les pouvoirs discrétionnaires du partisan. Monseigneur n'ignore pas que l'imposition est impopulaire dans le royaume et le métier de financier risqué. Il n'a pas été surpris que Coulanges ait été, à ses débuts, enlevé à Amiens, emprisonné et détroussé par les Espagnols, alors qu'il s'apprêtait à payer les soldats d'un régiment du roi. Maintenant qu'il est devenu un « gabeleur » important, il peut protéger ses collecteurs par des gardes à pied et à cheval. Lui-même et ses commis ont l'autorisation de porter des armes à feu pour se défendre.

Tandis qu'il admire les beaux yeux candides de Marie, et qu'il égrène les vertus sacrées du mariage : « N'oublions jamais la fidélité, la confiance qui doit régner entre les époux, la soumission nécessaire de l'épouse ... », Frémyot caresse de la main le dossier noir qui est devant lui, sur la petite table du parloir. Les rapports sont là. Les mentions des rentes, possessions et richesses, diverses et considérables, des Coulanges aussi.

Il en a envoyé copie à sa sœur et a pu lui écrire au début de l'année :

> « Quel est le triple sot qui prétendait que ces gens avaient connu la faim ? Philippe qui, par parenthèses, a eu dans sa famille un bailli d'Auvergne et un procureur au parlement de Paris, a simplement suivi le chemin tracé par le financier Jacques de Bèze. Un homme qui fut doublement son beau-père : le mari de sa mère devenue veuve, et le père de

sa femme – une fille que Bèze avait eue d'un premier mariage. Je me suis soigneusement renseigné. La fortune de ces gens est solide, en constante augmentation depuis près de trente ans. Marie de Coulanges est un excellent parti pour votre flambeur de fils. »

Les rapports financiers favorables ont décidé la baronne de Chantal...

L'archevêque poursuit son homélie. Il en est à traiter de la tolérance et de la patience dans le mariage quand Marie s'aperçoit qu'à travers les généralités ronronnantes qu'il énonce, il parle en fait de son avenir à elle. Et que bizarrement ses craintes ont disparu.

Le discours de l'archevêque l'a apaisée. Elle se sent bien dans ce grand parloir, imprégné d'une odeur de lavande, au parquet luisant de cire, aux rideaux de toile blanche qui encadrent la fenêtre derrière ce Monseigneur bienveillant.

A son arrivée on l'a placée en face de lui entre sa mère et Lisa. Jusqu'ici elle n'a pas bougé d'un pouce. Voici qu'elle se détend, change légèrement de position et tout à coup distingue sur le mur à sa gauche un immense portrait bordé de bois noir, avec pour légende : « A notre bien-aimée fondatrice ». Mme de Chantal elle-même. Elle l'avait oubliée, celle-là !

Maintenant elle ne peut détourner son attention du portrait, du visage sévère, encadrée de la coiffe des visitandines. Elle voit des yeux marron, qui ressemblent à ceux de Monseigneur Frémyot, mais n'en ont pas l'expression bienveillante, une bouche aux lèvres ourlées d'une manière qui lui paraît méprisante. Marie s'affole devant cette personne qu'elle trouve dure et autoritaire. Son angoisse ressurgit. Même absente, sa belle-mère ne la quitte pas du regard et la juge. Elle a un geste d'effroi.

L'archevêque se méprend.

— Hélas, ma chère enfant, comme je l'avais dit voici

quelques semaines à M. et Mme de Coulanges, vous ne verrez pas aujourd'hui ma sœur vénérée. Elle a désiré que je la remplace pour cette rencontre qu'elle avait fixée elle-même et qu'elle désirait ardemment. Afin de vous connaître, charmante demoiselle.

Sourire à Marie.

— Mais des tâches harassantes et saintes, poursuit-il, la retiennent à Annecy. Il y a tant de couvents à organiser, de sœurs à recruter. Le travail repose sur ses épaules, surtout depuis la disparition en décembre dernier de notre bienheureux François de Sales.

— Certes, certes, opine en hochant la tête Mme de Coulanges. Nous l'avons bien compris, mon époux et moi-même.

Mais la componction de l'archevêque lui pèse. Son discours a été trop long. Elle se souvient qu'elle est née de Bèze, et que l'absence de la mère de Chantal lui paraît finalement désinvolte, voire humiliante. Après tout, sa fille, jeune, riche, jolie, à l'éducation accomplie, n'est pas un mince parti.

Avec une aigreur qu'elle tâche de dissimuler, elle lance à Frémyot :

— Monseigneur, ne verrons-nous pas au moins M. de Rabutin-Chantal ?

— Hélas, non, Madame, réplique l'archevêque d'un air qui se veut dégagé, mon cher neveu est terriblement pris par sa charge. Vous savez que depuis deux ans il occupe les fonctions importantes de gentilhomme ordinaire de la chambre du roi.

— Oui, nous savons.

— Tantôt à Fontainebleau, à Compiègne quand le roi chasse, tantôt à Saint-Germain, où j'ai dû louer pour lui, son écuyer et ses chevaux un logis convenable, tantôt au Louvre. On ne sait jamais vraiment où il est, conclut le bonhomme avec un sourire malin.

En elle-même Marie s'étonne. C'est un camouflet.

Comment ? Ni la mère ni le fils n'ont daigné se libérer pour venir la rencontrer, elle, la future épouse ? Quel manque de politesse ! Quelle indifférence ! Sans parler du manque de cœur !

Au pli soudain marqué des lèvres de sa mère, elle devine que celle-ci partage son mécontentement. Alors les craintes qui tenaillaient la jeune fille depuis deux jours s'évanouissent. Qu'elle a été naïve ! Elle avait peur d'être mal jugée. On l'a tout simplement ignorée.

Son orgueil se rebiffe : elle les vaut bien, ces gens si huppés. Jamais elle n'aurait agi grossièrement, comme eux. Elle se redresse sur sa chaise, se tourne un peu pour regarder bien en face le portrait sévère de la « fondatrice bien-aimée ». C'est fini. La baronne de Chantal, sa future belle-mère, ne l'effraie plus.

Cependant Monseigneur Frémyot a terminé ses discours lénifiants. Quand Marie vient baiser l'anneau d'or et d'améthyste qu'il porte à l'annulaire de la main droite, il est surpris.

Il lui semble découvrir une jeune personne différente de celle qu'il a accueillie tantôt. Ses yeux bleus n'esquivent plus son regard. Elle lui sourit sans contrainte. Les épaules droites, le pied ferme, elle se dirige vers la porte du parloir à la suite de sa mère. Ne se trompe-t-il pas ?

Elle ressemblait en entrant à une victime consentante, une pauvre brebis condamnée au destin que lui réservait le Seigneur. Il voit maintenant une jeune fille sûre d'elle et de sa beauté. Il en est heureux.

3.

« On ne sait jamais où il est. »

La grande salle de l'hôtel des Coulanges caquète.

La rumeur s'est rapidement propagée du surprenant mariage de la fille aînée du parvenu avec le descendant d'une des plus nobles familles de France. Les voisines du Marais sont venues aux nouvelles. Elles veulent cueillir la mère et la fille à leur retour de la Visitation.

L'intendante Marteroy leur a fait servir de l'eau de fleur de violette, plus sucrée que la fleur d'oranger, et des beignets. Assises autour d'une table, elles rivalisent d'élégance. La fortune de leurs financiers de maris, morts ou vivants, leur permet de suivre la mode. Leurs robes forment un parterre coloré, satin paille ou écarlate, velours vert ou violet, soigneusement assorties à leurs bijoux, or, rubis, émeraudes, améthystes. Seule Mme d'Ormesson porte une toilette sombre, comme la maîtresse de maison. Mais elle ne l'a pas choisie par modestie, plutôt parce que son époux est seulement conseiller d'Etat...

Mme de Coulanges a dû se retirer très vite pour régler avec la lingère une affaire de nappes. Qu'à cela ne tienne ! Les bavardes ont commencé à parler de la baronne de Chantal, elles ne vont pas s'arrêter en si bon chemin. D'ailleurs

Marie est là. Elles ne sont pas fâchées de se montrer bien informées devant la principale intéressée à l'affaire. Quant à la jeune fille, débarrassée de ses peurs, elle écoute avidement les papotages sur sa belle-mère.

— Dame parfaite, dame parfaite, s'esclaffe la pétulante Mme des Ormeaux, dont le mari a fait fortune dans l'adjudication des fourrages pour les chevaux de troupe. Laissez-moi rire ! Ne savez-vous pas combien elle était autoritaire envers son mari ?

— Energique, plutôt, rectifie Mme Bordier qui habite rue du Parc-Royal, et se pique d'objectivité. Son cher baron Christophe négligeait ses affaires, comme la plupart des gens bien nés. Alors elle a dû s'installer dans leur château de Bourbilly en Bourgogne, s'atteler à la tâche, gérer le domaine, payer les dettes, surveiller les domestiques...

— Oui, dit une voix hautaine. Elle exigeait que les domestiques s'adressent directement à elle pour tout.

La voix vient de Mme de Pontmain. Sa maison est située dans une petite rue, juste derrière le pavillon de la Reine. Mais elle se targue, elle, de quelques quartiers de noblesse.

— La pauvre femme, ajoute la jeune et coquette sœur de Mme des Ormeaux, se voulait toujours habillée de laine ou de lin, jamais de soie. Et pour les fêtes indispensables, elle remettait ses habits de noce...

On entend quelques rires. Marie sourit.

— Connaissez-vous l'histoire de la bougie ? continue Mme des Ormeaux.

— Non, répondent les bavardes en chœur.

— Eh bien, la baronne se levait très tôt pour prendre soin de sa maison. Son Christophe aimait faire la grasse matinée. Cela l'horripilait. Alors, quand l'heure s'avançait, n'y tenant plus, elle faisait du bruit dans sa chambre, tirait les rideaux, criait que le chapelain était prêt et allait commencer la messe dans la chapelle. Pour finir, elle prenait une bougie allumée et la lui agitait devant les yeux. Le malheureux, exaspéré, n'avait plus qu'à sortir de son lit.

Cette fois Marie ne se retient pas de rire. Elle adresse un signe malicieux à Lisa et Nanon, qui sont près d'elle.

— On comprend, dit Mme d'Ormesson moqueuse, que le baron ait choisi de s'absenter le plus souvent possible de chez lui pour se rendre à la cour ou à la guerre...

— A la fin de sa vie il a pourtant passé six mois à Bourbilly, précise encore Mme Bordier.

— C'est qu'il était malade. Et sa femme l'a soigné et sauvé.

— Oui, mais vous savez le drame ? Il est à peine guéri qu'elle lui donne la permission – j'insiste, la permission – d'accompagner, dans un petit bois voisin du château, un ami qui lui propose une partie de chasse – divertissement que Christophe adorait. Et l'ami, trompé par la couleur de son habit, lui tire un coup d'arquebuse et le tue net. Rabutin-Chantal avait trente-six ans.

Un instant le silence se fait. Puis la plus bavarde reprend :

— En tout cas, on ne peut enlever à Jeanne de Chantal qu'elle ait été une excellente mère ?

— Attention, rétorque vivement Mme des Ormeaux, je ne dirais pas cela ! Pas cela d'une femme qui a enjambé le corps de son fils de quinze ans pour rejoindre l'évêque François de Sales.

— Comment ? s'exclame Mme de Pontmain.

Marie dresse l'oreille.

— Vous l'ignoriez ? Elle partait en tout bien tout honneur, naturellement. Pour se consacrer à la vie religieuse. Néanmoins, au moment du départ, dans la maison dijonnaise de son grand-père Frémyot, le jeune garçon s'est jeté aux pieds de sa mère pour la supplier de rester, lui a débité une harangue fort étudiée, puis s'est couché en pleurs sur le seuil de la porte d'entrée. « Je suis trop faible et trop infortuné pour vous retenir, a-t-il gémi, mais au moins sera-t-il dit que, pour partir, vous avez foulé votre fils unique aux pieds. » Sans répondre, Mme de Chantal lui a tourné le dos et passé outre.

— Eh bien, murmure Marie à Lisa, je n'en reviens pas. Quelle froideur chez cette mère ! Si un jour j'ai des enfants, j'espère les aimer autrement. Oh, oui, je les aimerai de tout mon cœur.

— Pour sûr, vous le ferez, acquiesce Nanon.

Et Lisa de renchérir :

— Vous serez une mère incomparable.

Le ciel s'obscurcit derrière les grandes portes-fenêtres qui donnent sur le balcon surplombant la Place Royale. La température fraîchit. On s'était cru au printemps. On n'est qu'au début de mars.

Deux valets viennent ranimer le feu dans la cheminée de pierre. Ils portent chacun un briquet et un gros panier rempli de bûches. Ils les ont montées de la cave. C'est du bois flotté venu de Bourgogne par voie fluviale et soigneusement séché. Maintenant les voilà qui s'affairent avec soufflet, pincettes et pelles, distrayant les visiteuses qui s'aperçoivent de l'heure tardive et s'arrachent à leurs caquetages. Une à une, elles s'en vont.

Marie reste assise, songeuse. Rien ne s'est passé comme elle le redoutait. Pas de rencontre éprouvante avec sa belle-mère. Tant mieux. Mais rien, non plus, comme elle l'aurait au fond souhaité. Après tout, la belle-mère, ce n'est pas le plus important. Ce qui va compter pour elle, toute sa vie, c'est Celse-Bénigne. Or elle ne l'a toujours pas rencontré. Il ne se soucie donc pas d'elle ? Que fait-il en ce moment ? Où peut-il être ? Les paroles de Monseigneur Frémyot lui reviennent en mémoire : « On ne sait jamais où il est. »

« On ne sait jamais où il est. »

Marie soupire. Dieu, que le prélat semble bien connaître son neveu !

Au monastère d'Annecy, Jeanne de Chantal s'approche de la fenêtre de sa chambre. Elle a froid dans cette pièce sans feu. Elle regarde, vers le col de la Forclaz, les montagnes couvertes de neige. La journée pourtant a été belle, douce pour un 3 mars.

Mais cela ne va pas durer. Les nuages s'amoncellent là-bas, du côté de la France. Le lac, au-delà des canaux, frissonne et prend une teinte grisâtre. Bientôt le chien et loup. C'est l'heure qu'elle s'est fixée pour répondre aux multiples lettres que ses visitandines lui envoient de partout, de Lyon, de Moulins, de Marseille, de Grenoble, de Paris.

Toujours des questions, futiles ou importantes, à résoudre, des décisions à prendre, des encouragements à prodiguer, parfois des blâmes à infliger... Ce soir, elle en est accablée.

Elle s'assoit à sa table et commence à écrire. D'abord le plus pressé, la fondation du couvent de Marseille.

La maison est trouvée, près de la tour des Trinitaires. La mère Favrot y a reçu déjà six postulantes. Elle se doit d'être prudente car les gens là-bas, quoique grands catholiques, sont ardents et pointilleux :

> « Je pense toutefois, conseille-t-elle, que vous pouvez recevoir des filles de treize ans, car elles sont, en cette ville comme en Italie, plus avancées qu'ailleurs en corps et en jugement. Soyez attentive seulement à garder leurs cœurs contents. Je connais votre prudence et votre douceur. »

Elle continue, bravement, à répondre à ses autres correspondantes :

« Il n'est pas en usage que les malades restent voilées devant leurs médecins. Toutefois la supérieure décidera en dernier ressort. »

« Notre bienheureux père François de Sales désirait que l'on dît l'office sur un ton ni trop fort ni trop haut. Sans traîner non plus : vêpres, demi-heure quand on les récite, trois quarts d'heure quand on les chante. »

« Six onces de viande, cinq et demie même, cela suffit pour les jours ordinaires. Quant au parloir, il ne convient pas d'y recevoir visite les jours de fêtes, car ces temps-là sont destinés à notre édification. »

« Oui, les sœurs tourières et les domestiques peuvent porter des couteaux sous leurs robes. Il est bon qu'étant exposées au public, elles puissent au besoin se défendre. »

Une lettre, une autre, une autre encore. Elle en a assez. Elle lâche la plume, repousse les feuillets. Dire que dans ce flot de missives, il n'y en a pas une de son fils, depuis des semaines et des semaines. Que fait-il ? Où est-il ? Va-t-il faire échouer le mariage qu'elle souhaite pour lui ?

Il a besoin de cette Marie de Coulanges. Un besoin pressant. L'or lui fond entre les doigts. Ses dettes s'accumulent. Un mariage riche peut seul apporter de l'eau à son moulin.

Hélas, soupire Jeanne, le mariage grenoblois a échoué. Notre cher François de Sales, en séjour à Grenoble pour la fondation d'un nouveau monastère, l'avait pourtant préparé avec soin. L'union de Celse-Bénigne avec Huguette Liotard, fille d'un défunt président au parlement de cette ville, devait être rentable. Mais la veuve s'est montrée peu accommodante, refusant de verser la dot au moment des noces, prévoyant qu'elle serait versée seulement après sa mort... En fin de compte, une dot peu considérable.

Ensuite, on s'aperçut que le domaine qu'elle avait promis de donner n'était qu'un misérable petit château délabré. Et elle exigeait pour sa fille de si pompeuses et coûteuses noces que Celse-Bénigne s'en serait trouvé davantage encore endetté. Certes Huguette Liotard était jolie et semblait plaire à mon fils, si difficile pourtant en matière de beauté féminine.

Mais on découvrit pour finir qu'elle s'était engagée déjà avec un autre prétendant. Nul doute que l'humeur chatouilleuse de Celse-Bénigne ne l'eût poussé à quelque duel avec lui. Ce qui aurait été du plus mauvais effet.

Mon cher François de Sales en fut déçu. « Comme il arrive souvent en ce monde, me dit-il, les roses se convertissent en épines. »

Jeanne de Chantal baisse la tête. Les épines qui lui viennent de son fils sont si nombreuses et si douloureuses...

La nuit tombe. Un coup léger frappé à la porte, et Madeleine de Chaugy, la confidente de la mère de Chantal, entre, une bougie allumée à la main. Elle se déplace avec lourdeur, mais elle est jeune encore, souriante.

— Ne restez pas dans la pénombre, dit-elle avec bienveillance. Toujours ce mariage...

— Oui, et pas de nouvelles de mon fils.

Encore ce fils, se dit Madeleine. Elle l'aime trop. Autrefois elle n'a pas hésité pourtant à enjamber son corps pour rejoindre notre bienheureux fondateur, qui l'avait convaincue de le suivre en Savoie et de se faire religieuse. Non seulement elle a ignoré la douleur du garçon, mais une fois partie, dans son carrosse, elle s'est mise à chanter à tue-tête. Des psaumes. Pas n'importe lesquels, ceux qui parlent des oiseaux libérés des filets du chasseur.

Personne ne le sait. Que moi. J'étais dans le carrosse avec elle. Je ne l'ai jamais dit. On pourrait s'en choquer. Moi, je la comprends. La pauvre, veuve de Christophe, venait de vivre sept années d'enfer chez son odieux beau-père, Guy de Rabutin. Un irascible qui provoquait les gens en duel pour un oui pour un non. Un rustre qui avait exigé qu'elle vienne vivre dans son château délabré de Monthelon sous peine de déshériter ses enfants. Un libidineux qui ne comptait plus le nombre de ses bâtards et entretenait chez lui une servante-maîtresse. Et il fallait que Jeanne, malgré ses dégoûts, tolère la présence de cette femme.

Aussi chantait-elle en quittant Monthelon !

A l'époque, même son fils n'avait pu la retenir. Elle avait trente-six ans, je pense. Elle se sentait appelée par une irrésistible vocation. Elle naissait à une nouvelle vie...

— Vous m'écoutez, ma bonne ? continue la mère de Chantal en regardant Madeleine. Je n'ai pas de nouvelles de mon fils. Je ne sais pas où il se trouve. Avec sa charge auprès du roi – une charge modeste pourtant, eu égard aux titres des Rabutin –, on ne sait jamais où il est.

— C'est votre frère qui le dit, je crois ?

— Oui, et c'est très vrai et très pénible, murmure Jeanne avec tristesse. Bien sûr j'aurais peut-être dû faire l'effort de me rendre à Paris pour presser les choses avec la petite Coulanges. Mais je n'en ai pas eu le courage.

En vérité, mon âme n'a jamais été si touchée..., dit-elle en retenant avec peine ses larmes. Je suis brisée par la disparition de notre bienheureux Père, par la privation de sa présence si sainte et si utile, et de son aide constante, qu'il fût ou non près de moi...

— Nous le savons, n'en doutez pas. Et c'est pourquoi nous vous avons caché sa mort plus de quinze jours. Elle était survenue à Lyon peu avant Noël, et nous voulions vous laisser passer la fête en paix. Mais au début de janvier, il fallut bien vous montrer les linges tachés de sang qu'il portait alors, et que les religieuses vous avaient envoyés de là-bas. Comme des reliques.

Elles se taisent un moment.

— Pour ce qui est du mariage, reprend la mère de Chaugy, où en êtes-vous ? Qu'est-ce qui vous inquiète ? Il me semble que tout est pour le mieux, entre les mains de votre frère. C'est lui qui en a eu d'abord l'idée, quand il a découvert que ses voisins de la Place, des gens à l'aise, enfin, des gens... sans titre particulier, mais qui possédaient outre leur très belle maison un domaine en Brie. Des gens fortunés, on ne peut le nier...

— Des parvenus, dites-le donc, ma bonne.

— Oui, mais d'une excellente mentalité. Avec, ne l'oublions pas, une nièce visitandine à notre monastère Saint-Antoine. Votre frère a eu l'idée du mariage, reprend Madeleine posément, quand il a découvert que ces Coulanges si riches avaient une fille à marier belle et sage. Une perle pour votre fils. Je me trompe ?

— Non, ma bonne. C'est vrai, mon frère est admirable. Il a pris des renseignements sur ces gens, négocié patiemment avec eux, ébauché les termes du contrat de mariage. Pas facile car le père, m'a-t-il écrit, est coriace en affaires et veut que toutes les dettes de la famille Rabutin soient payées avant la cérémonie. C'est André qui, une fois encore, non content de verser à Celse-Bénigne une rente sur ses bénéfices ecclésiastiques, a promis d'éponger le passif.

— Ne m'avez-vous pas dit qu'autrefois, pour le projet grenoblois, il avait fourni les bagues que réclamait la promise ?

A ce rappel du passé, Jeanne ébauche un sourire. Quelle histoire ridicule, ces bagues !

— Alors ? interroge Madeleine. Je vous en prie, confiez-moi ce qui vous tracasse.

— Alors, il y a que je n'ai pas de lettres de mon fils.

— Peut-être, mais son silence ne prouve pas que l'affaire soit rompue. Courage ! N'avez-vous donc pas de nouvelles récentes de monseigneur Frémyot ?

— Pardieu, si. Lui m'écrit fidèlement. Et dans sa dernière lettre, il m'annonçait qu'il rencontrerait, aujourd'hui même, à notre monastère Saint-Antoine, la jeune Marie et sa mère.

— Voilà l'important, ma chère. Et pas que votre fils écrive ou n'écrive pas.

— Vous avez raison, ma bonne. Il ne faut pas qu'une faiblesse de mère m'enlève ma raison... Mais si vous saviez comme les douleurs d'enfantement, dont on fait tant de bruit, sont peu de chose en comparaison des soucis que donnent les enfants ensuite. Nous en avons pour tout le reste de notre vie. Ils nous angoissent, ils nous manquent, ils nous abandonnent, ils nous sucent notre santé, nos biens... Si je vous rappelais toutes les folies de Celse-Bénigne, je n'en finirais pas.

— Finissez-en pourtant, ma chère. Tout de suite. Puisqu'il a dû rencontrer aujourd'hui même, sous l'égide de Monseigneur Frémyot, la jeune Coulanges. Il va se marier, se ranger... Apaisez-vous, conclut Madeleine de Chaugy avec un large sourire qui remonte et plisse ses grosses joues.

— Oui. Je veux m'apaiser, me réjouir, reprend Jeanne d'un ton ferme.

Puis elle ajoute pensivement :

— Je vais écrire à ma bien-aimée sœur Marie-Jacqueline Favre, qui dirige le monastère de Dijon. Je vais lui annoncer que mon fils est à demi-marié. Qu'elle prie pour lui.

4.

« Alors, comment est-elle ? »

En réalité, ce soir du 3 mars, Celse-Bénigne est à deux pas de Marie. Juste sous ses fenêtres.

Il a laissé son cheval à son écuyer, Du Verger, rue du Parc-Royal, avant de passer sous l'arcade du pavillon de la Reine, et de gagner le terre-plein central de la Place Royale.

En plein jour, le jeune homme ne passerait pas inaperçu. Plus grand que la moyenne, robuste, rompu à l'équitation et à l'exercice des armes, il a fière allure et porte avec panache ses cinq siècles d'Histoire. Il sait qu'il descend d'une ancienne et belle chevalerie, et il en est fier. « Dans les chartes reconnues par les rois de France, nous avons des titres pour attester non pas une, mais deux lignées de nobles », a-t-il coutume de dire en riant.

Dans l'obscurité, sa cape souple et noire dissimule son habit aux regards. Il porte un chapeau de castor gris avec une plume discrète retombant en queue de renard, des gants en peau de daim à poignets hauts, des bottes de cuir fauve, éperonnées, qui remontent presque jusqu'aux genoux en s'évasant largement. Le fier gentilhomme se fond dans la grisaille ambiante.

A y regarder de près, on aperçoit son visage mince, à

l'ovale marqué qu'accentue sa barbe fine et très pointue « à la royale », son nez bosselé, sa moustache courte et retroussée en aigrettes des deux côtés. Et aussi la fameuse « cadenette », la longue mèche de ses cheveux châtain soigneusement tressée, attachée d'un ruban couleur feu, qu'il laisse pendre sur son épaule, du côté gauche.

Le ciel s'assombrit encore autour de lui, mais sur les quatre côtés de la Place s'allument une à une, aux fenêtres des hôtels, de nombreuses lumières. Certaines, prisonnières des rideaux que les valets ont tirés, luisent doucement. D'autres, éclatantes, s'échappent des lustres à plusieurs branches suspendus dans les salles de réception.

L'effet est magique. La Place s'éclaire elle-même pour qu'on l'admire.

Ce n'est pas pour l'admirer que Celse-Bénigne s'y aventure ce soir-là. Il l'a vue à maintes occasions, et sous tous les éclairages. Au petit matin, l'après-midi, la nuit. Combien de fois n'est-il pas venu tirer l'épée ici même, défiant les édits de l'Eglise et du roi contre les duels ? La fureur de ces combats entre particuliers, assignés à des jour et heure donnés, pour des motifs souvent futiles, fait périr la fleur de la noblesse française. Le pouvoir royal veut y mettre fin.

Mais les gentilshommes se moquent des sanctions sévères dont on les menace et n'ont cure d'arrêter leurs querelles aussi meurtrières que les guerres. Mieux, ils prennent l'habitude de combattre non pas un contre un, mais deux contre deux, ou davantage, entraînant avec eux des compagnons qui n'ont rien à voir avec les motifs des disputes.

Combien de fois Celse-Bénigne n'a-t-il pas nargué le redoutable Richelieu, l'homme d'Eglise ennemi acharné des duels, en venant se battre sur la Place, juste devant son hôtel qui s'élève là, à droite ? Son habileté aux armes lui vaut d'être requis comme second par nombre de ses camarades. Il a plaisir à répondre à ces fiers-à-bras, à ces têtes courageuses mais souvent sans cervelle. Même si leurs procédés sont loin d'être réguliers, par exemple s'ils empoignent à pleine main l'épée de leur adversaire ou l'attaquent avant que le signal soit donné, parfois même à sa descente de carrosse.

Combien de fois n'a-t-il pas vu aussi certaines dames de la Place assister, du haut de leurs balcons, à ces combats sanglants, et admirer les exploits des duellistes ?

Qu'elles soient ou non la cause des duels, Chantal sait qu'elles y trouvent un côté romanesque et jouissent, bien à l'abri, du plaisir pervers de voir des hommes s'entretuer pour les raisons les plus incroyablement légères. Pour leurs beaux yeux, à l'occasion ! Le jeune homme en ressent du plaisir en retour... Et puis il aime tant batailler.

Justement, il arrive droit d'un duel où il a servi de second à un cousin, ferrailleur chevronné, qui n'a trouvé d'autre sujet de se battre contre un gentilhomme breton qu'« une antipathie naturelle ». Le duel avait lieu dans une clairière de la forêt de Vincennes. Il s'est prolongé. Celse-Bénigne n'a pu se rendre au rendez-vous que lui avait fixé son oncle Frémyot, au parloir de la Visitation. Il ne s'en inquiète guère – le bon oncle aura trouvé prétexte à l'excuser...

Mais l'idée lui est venue de faire un léger détour par la Place Royale avant de rejoindre le Louvre où il est de service, pour jeter un œil plus attentif sur l'hôtel des Coulanges. Il est passé devant tant de fois sans le regarder vraiment. Maintenant ce qui touche à la fortune de ces gens l'intéresse.

Son oncle a été ferme pour une fois :

— Depuis que vous êtes majeur, mon neveu, et en possession de vos biens, vos dettes ne cessent de s'alourdir et votre héritage de fondre. Vous empruntez à tort et à travers, aux gens de la famille, à des bourgeois, à vos fournisseurs même. En quelques mois, j'ai compté que vous avez collectionné plus de quinze créanciers. Vous le savez, seul un mariage avec une fille fortunée peut vous sauver. Le projet de Grenoble a échoué. Il faut maintenant que celui de la Place Royale réussisse.

Alors Celse-Bénigne a réfléchi. Il s'est d'abord irrité d'être acculé à se mésallier. Puis il s'est résigné. Après tout, pourquoi pas ? Ce serait un remède à ses plaies d'argent, et pas le pire. Le moyen aussi de continuer à Paris sa joyeuse vie. Il frémit rétrospectivement à ce qu'avait manigancé sa mère quatre ans plus tôt.

Elle voulait qu'il obtienne une charge rentable à Turin auprès de Victor-Amédée, le jeune prince qui avait épousé une sœur de Louis XIII, Christine, et s'installait sur le trône de Savoie.

Pour cela elle avait requis l'aide de François de Sales. L'évêque, complaisant, s'était entremis auprès du cardinal Maurice de Savoie, l'oncle du nouveau souverain, il avait fait jouer ses relations avec le pape, rappelé à Victor-Amédée qu'il avait facilité son mariage avec la princesse Christine. En échange, qu'il accepte de prendre le baron de Rabutin-Chantal à son service.

L'affaire allait réussir. Jeanne, dans son monastère d'Annecy, exultait de voir son fils unique à nouveau non loin d'elle. A défaut d'une épouse grenobloise, il aurait une place lucrative et honorable à la cour de Turin. Encore bien mieux !

Mais il fallait que Celse-Bénigne s'exile, quitte la France pour toujours. Et surtout Paris et ses fêtes.

En définitive, la réputation d'austérité de la cour de Savoie l'avait dissuadé de s'y installer. Ne disait-on pas de cette cour qu'elle était un véritable monastère, qu'on n'y souffrait aucun désordre, aucune violence et qu'on n'y réussissait qu'en étant travailleur et vertueux ? Il ne pourrait jamais se résigner à y vivre. Sans explications, il avait coupé court au projet si bien engagé.

Certes, il a décroché voici deux ans un poste de gentilhomme ordinaire de la chambre du roi. Son grand-père, Guy, avait exercé une charge semblable, mais y avait échoué. Trop coléreux, provocant et avare, il était parti rageusement s'enfermer dans son château bourguignon.

Si Celse-Bénigne a obtenu sa charge, il ne le doit donc pas à son grand-père, mais à l'ancienneté de sa race, aux recommandations de son parent Tavannes, surtout à son joli visage et à sa fière allure. Il n'a que six ans de plus que le roi, et celui-ci est sensible à la beauté des jeunes gens qui le servent.

Cependant cette charge n'est pas prestigieuse. Ils sont vingt-huit gentilshommes ordinaires de la chambre... Vingt-huit à servir par semestre sous les ordres du Grand Chambellan pour 2 000 livres de gages. Vingt-huit à préparer chemises, serviettes, linges que celui-ci présentera au roi. En vérité, quelle dérisoire fonction pour quelqu'un dont les aïeux sont allés aux Croisades !

Cette charge, de plus, n'est pas lucrative. Au contraire, à la cour, il faut dépenser beaucoup pour paraître. Et si la dot de la petite Coulanges est bien de 90 000 livres comme le lui a assuré son oncle, Celse-Bénigne a vite calculé qu'il lui faudrait quarante-cinq ans de loyaux et ennuyeux services auprès du roi pour gagner cette somme. Alors autant laisser faire le bon Frémyot ! Autant épouser !

Le jeune homme s'attarde donc, songeur, devant l'hôtel des Coulanges. Il correspond à la description de l'oncle. Une des plus vastes maisons de la Place, juste à droite du pavillon du Roi. Et même sans en avoir vu l'intérieur, Celse-Bénigne se dit que la demeure doit empester l'argent. Cela se sent. Il n'a pas besoin de vérifier plus avant.

Pas besoin non plus de rencontrer si tôt la promise. Il aura tout le temps de la connaître. Au fond, il est ravi du rendez-vous manqué de l'après-midi. Les femmes, il faut les faire languir...

Là, posté sous ses fenêtres, dans la nuit qui descend, il ne cherche même pas à l'apercevoir parmi les silhouettes qui s'agitent dans la salle violemment éclairée du premier étage de l'hôtel. Laide ou non, intelligente ou pas, il la prendra comme elle sera.

Voici que sonne la cloche de l'église Saint-Paul, toute proche. Il sursaute, arraché à ses pensées. L'angelus du soir est passé depuis longtemps. Il risque d'être en retard au Louvre.

Il s'apprête à rejoindre Du Verger et son cheval, puis à galoper jusqu'au palais, quand il voit le jeune écuyer lui amener sa monture.

— Je sais, je sais, il est l'heure, lance-t-il avec impatience.

— Ce n'est pas cela, Monsieur. Un de vos amis, Séligny, m'a croisé par hasard dans la rue. Il m'a reconnu et chargé de vous dire en hâte qu'il vous attend demain matin à cinq heures avec votre épée, au bois de Boulogne. Il y va de son honneur.

Diable, se dit Celse-Bénigne en se hâtant vers le Louvre. Je crois que cette nuit, je ne dormirai pas longtemps.

Trop tard ! Celse-Bénigne a manqué le coucher du roi.

Quand il atteint la porte de l'antichambre royale, il se heurte au flot des courtisans qui en sortent. En même temps l'assaille une odeur forte de corps d'hommes entassés et souvent mal lavés, de cuir, de boues accrochées aux bottes. Le

Vieux-Louvre est trop petit. Louis XIII voudrait le quadrupler. L'an prochain peut-être, s'élèvera une aile nouvelle dans le prolongement de celle de François Ier. En attendant, il faut se serrer partout, supporter la promiscuité et les mauvaises odeurs.

Comme souvent, Louis XIII s'est retiré à neuf heures.

Non qu'il veuille se précipiter dans le lit de la reine. Il n'a jamais eu de véritable goût pour les femmes. Par raison d'Etat, on l'a marié à quatorze ans à une infante de treize ans. Après une abstinence de quatre années et une tentative laborieuse où Luynes, le favori du roi, avait littéralement porté celui-ci dans le lit de sa femme, la chiche lune de miel des époux royaux n'a duré que quelques mois, interrompue l'an passé par une imprudence et une fausse couche d'Anne d'Autriche.

La jeune femme de vingt ans, enceinte, s'est amusée un soir avant de regagner sa chambre à sauter et glisser, avec des amies de son âge, dans la salle du trône. Elle est tombée et a perdu le lendemain l'enfant qu'elle portait. Le roi, parti pour une expédition militaire en Languedoc contre ses sujets huguenots, en a été fou de colère.

Depuis il en veut à la reine, et celle-ci le boude, outrée de se sentir méprisée. La jeune Espagnole aimerait vivre à la cour des soirées joyeuses et prolongées, avec des bals, des comédies, des festins, elle aimerait briller, entendre les compliments de ses admirateurs.

Impossible. Le triste Louis XIII est le plus jaloux des maris. Il déteste la vie de cour, les intrigues, les grandes réunions, et même les affaires de son royaume. S'il veut se coucher si tôt, c'est pour partir chasser le lendemain de très bonne heure. La chasse est le plus grand plaisir et la plus grande préoccupation de ce souverain de vingt et un ans. En chassant, il oublie tout, le soleil, la pluie, le chaud, le froid, le manger, le dormir, et sa femme.

Penaud de son retard, Celse-Bénigne regarde les autres quitter l'antichambre.

Le chancelier Brûlart sort le premier. Il est très influent au conseil du roi, mais il porte encore la fraise et la barbe large à l'ancienne mode. On le surnomme le barbon. L'horaire du roi lui convient parfaitement. Il a soixante-dix-neuf ans et ne pense qu'à regagner son lit. Les autres en revanche se plaignent. A-t-on jamais vu cour plus morose ?

Bientôt, Rabutin-Chantal voit accourir vers lui trois de ses amis, les yeux brillants de curiosité.

— Alors, comment est-elle ? s'écrie tout excité Henri de Talleyrand, comte de Chalais, vingt-quatre ans, maître de la garde-robe du roi, grand amateur de femmes et duelliste acharné.

— Oui, racontez-nous, dit François de Boutteville, la trentaine magnifique, le verbe haut et le regard hardi.

— Si elle est belle, il ne servira à rien de nous la cacher, mon ami, prononce d'une voix grave et moqueuse Henri de Schomberg.

Ses quarante ans en imposent au trio, et aussi l'accumulation de ses titres, maréchal de camp, ambassadeur extraordinaire en Allemagne, surintendant des finances. Il s'amuse à taquiner Chantal qu'il apprécie pour son courage et son esprit. Et il n'est pas fâché de se distraire un peu des soucis que lui donne son ennemi juré Brûlart. Le barbon n'a-t-il pas entrepris de le faire condamner pour des opérations financières irrégulières ?

— Nous savons toujours dénicher les jolies femmes, insiste Chalais. Alors, comment-elle ?

Celse-Bénigne hésite, bredouille.

— Elle est, elle est......

— Vous ne voulez pas le dire ? s'écrie Boutteville, l'air faussement courroucé. Vous ne voulez pas nous décrire

Mlle Marie de Coulanges ? Faut-il vous forcer à le faire ? Ah, ah, faut-il pour cela vous provoquer en duel ?

Alors Celse-Bénigne avoue. En vérité il ne sait toujours pas comment est sa promise... Et il raconte à ses amis le duel à Vincennes, le rendez-vous manqué à la Visitation.

Le trio s'esclaffe du bon tour joué à l'oncle, à la mère et à la fille. Comme ils ont dû l'attendre ! Puis ils félicitent leur camarade. Préférer un duel à une rencontre avec une fiancée richissime, quel panache !

Voici que Jean de Saint-Bonnet, l'élégant marquis de Toiras, favori de chasse du roi, l'un des très rares à l'accompagner dans ses courses passionnées dans les bois, s'approche. Il connaît la boue des chemins forestiers, la sueur des chevauchées infinies, la fatigue qui jette les cavaliers sur la terre trempée pour se reposer, l'odeur des bêtes, les habits tachés et déchirés. A la chasse il accepte tout cela pour faire comme son roi et avoir le bonheur de le suivre.

Mais à la cour, il se veut vêtu comme une gravure de mode. Point de fraises à plusieurs rangs ni de rotondes montées sur carton qui martyrisent le cou ! Point de trousses ni de culottes bouffantes démodées ! Il porte un magnifique col de chemise en dentelle de France largement rabattu, un haut-de-chausses qui suit la ligne des cuisses. Son pourpoint de satin bleu vif a des épaulettes comme sous Henri IV, mais il est tailladé, à la mode, sur les bras et sur la poitrine, pour faire ressortir la doublure de satin rouge, la chiquetade. A trente-huit ans, il a la chance de conserver ses beaux cheveux et il les accommode « à la comète », en formant à l'arrière une petite queue flottante. Il a un grand nez mais de magnifiques yeux sombres et veloutés. Il est séduisant et viril.

Pour l'heure, toutefois, il semble mécontent, loin de partager l'hilarité du groupe. Il a encouragé Celse-Bénigne à suivre les avis de son oncle et admet difficilement sa désinvolture de l'après-midi. Les amis le devinent et sentent poindre l'algarade. Ils n'ont pas envie d'être sérieux. Brusquement ils prennent congé. Schomberg parle d'une affaire urgente au logis. Chalais et Boutteville d'une autre, tout aussi urgente, dans une taverne.

Toiras engage Celse-Bénigne à le suivre. Il veut lui parler.

Une fois traversée la cour du Vieux-Louvre, ils gagnent la galerie du bord de l'eau, ce passage couvert conçu par Catherine de Médicis pour passer commodément du Louvre aux Tuileries. Henri IV en a terminé la construction et ajouté à l'ensemble un étage. L'étage même dans lequel les jeunes gens se trouvent maintenant. De là, on découvre sur la Seine une vue merveilleuse. Cette nuit, un mince croissant de lune la fait miroiter.

— Votre attitude est celle d'un enfant, Chantal. Sa Majesté a remarqué une fois de plus votre absence à son coucher. Vous vous en moquez. Comme vous vous moquez d'avoir manqué un rendez-vous important avec votre oncle... Lamentable ! Il y va pourtant de votre charge, de votre mariage, et de votre avenir.

Celse-Bénigne ne réplique pas. En son cœur il sait que son ami a raison, qu'il le réprimande pour son bien. Comme le ferait un frère aîné.

— Dans l'immédiat, continue Toiras, j'espère qu'après-demain dimanche, le 5, vous assisterez au ballet qui doit se donner au Louvre, le Grand Ballet de la Reine représentant les Fêtes de Junon. On le dansera en l'honneur du prince de Galles. Il s'arrête deux jours à Paris avant de gagner l'Espagne où il rencontrera l'infante qu'on veut lui faire épouser. Il sera accompagné de George Villiers, le favori tout-puissant du roi d'Angleterre.

— Vous voulez dire Buckingham ? s'écrie Celse-Bénigne.

— Oui, le comte de Buckingham, mais on murmure qu'il ne tardera pas à être fait duc.

— Il est terriblement séduisant, dit-on, visage triangulaire, charmeur, dominateur, et il n'a que trente ans. Sa Majesté n'en sera-t-il pas jaloux ?

— Bah, répond Toiras, comme d'habitude, je suppose.

— En tout cas, reprend Celse-Bénigne, pour le ballet, vous pouvez compter sur moi. J'y serai. Et à l'heure. Ce Buckingham, j'ai trop envie de le rencontrer !

5.

Montaleau

— Donc, s'écrie Celse-Bénigne d'un ton persifleur, vous me dites que le père de Marie a acheté le droit de se faire appeler seigneur de Montaleau. Faut-il qu'il ait envie de passer pour une personne de condition... Mais c'est de l'imposture !

— Ne vous échauffez pas, mon neveu, rétorque l'ancien archevêque de Bourges. C'est un sentiment très répandu chez les financiers, une ambition que l'on peut qualifier de, disons... légitime. Ils œuvrent au bien du royaume, ils ont envie de s'élever dans la hiérarchie sociale, quoi de plus naturel ?

— Et comment font ces parvenus ?

— Moyennant une forte redevance au seigneur dont dépend leur terre, ils la font ériger par lui en fief. Et vous n'ignorez pas que, selon l'usage, « tenir un fief » est un des moyens de s'anoblir.

Rouge de fureur, le jeune homme bondit. On dirait que ses aïeux en bloc le poussent hors de son siège.

— Usage scandaleux ! lance-t-il. Rien à voir avec la noblesse héréditaire reconnue par le roi depuis des siècles. Rien à voir avec nous, les Rabutin-Chantal...

— Peut-être, mais c'est l'usage. Nous n'y pouvons rien. Et puis du calme, je vous prie, cessez de vous agiter, dit l'oncle en l'interrompant d'un ton sec. Il n'oublie pas qu'il est né André Frémyot....

Celse-Bénigne se rassoit, mécontent. Les deux hommes sont confortablement installés dans le salon douillet de l'archevêque. Un domestique leur a servi du ratafia, une liqueur à base de noyaux de cerises et d'abricots.

Pour l'instant, le jeune homme, tout à son indignation, oublie de boire.

— Alors, poursuit-il, ce fief de Montaleau ?

— Eh bien, répond son oncle avec sa lenteur et sa précision coutumières, Philippe de Coulanges a acheté patiemment, depuis longtemps, de nombreux terrains dans le joli village de Sucy-en-Brie. Il y a fait construire une agréable maison que l'on peut qualifier de château, entre cour et jardin, avec plusieurs fontaines d'eau vive, des bassins, de vastes dépendances – basse-cour, écuries –, qu'entretient une nombreuse domesticité, et qu'entourent des bois, des vergers, des vignes, de la terre à foin, à blé, un moulin à vent et une maison pour le meunier, des enclos pour les chevaux...

— Oui, bon, s'impatiente Celse-Bénigne. Faites-moi grâce des brins d'herbe, voulez-vous ! Et après ?

— Moyennant redevances, naturellement, il a demandé à Charles Payot, seigneur de Sucy, son voisin à Paris entre parenthèses – il habite rue de la Cerisaie –, d'ériger ces biens en fief. L'investiture s'est faite officiellement au tribunal du Châtelet de Paris le 12 janvier 1621, devant maître Guillaume Duchesne, notaire porte-notes du roi. Payot était présent et le nouveau seigneur de Montaleau lui a prêté foi et hommage.

— Vous en êtes sûr, mon oncle ?

— J'ai eu personnellement connaissance du contrat, répond Frémyot en se rengorgeant. Votre futur beau-père n'est plus un roturier, il a le droit d'exercer chez lui basse et moyenne justice, de chasser dans ses bois, de se faire construire un colombier si cela lui plaît. Evidemment il est astreint aux redevances féodales.

— Cela ne doit pas lui peser..., rétorque le jeune homme en buvant enfin son ratafia. Il est si riche.

Puis il demeure songeur. Il ne doit pas être déplaisant de faire quelques escapades dans ce château. Même s'il est seigneurial de fraîche date..., ricane-t-il. Allons, je vais aller voir ce domaine incognito. Demain on est le 8 mars. J'ai assisté au bal en l'honneur du prince de Galles et de Buckingham, j'ai rempli mon office à la cour. Je m'octroie quelque liberté. Dès le matin, je pars pour Montaleau.

Le ciel est gris, mais il n'a pas plu. Celse-Bénigne et Du Verger sont arrivés. Leurs chevaux ont volé jusqu'à Sucy. Même pas quatre lieues depuis Paris. Une situation merveilleuse pour une maison de campagne, répètent-ils à l'envi. Le village est étagé sur une colline qui domine la vallée de la Marne, le paysage charmant.

Maintenant il faut entrer dans le domaine sans se faire voir. Les deux hommes ont aperçu la grille noir et doré de Montaleau. Mais pas question de l'emprunter. Ni l'allée sablée qui doit conduire au château et serpente le long de grandes haies de conifères.

Ils dépassent la grille, continuent à longer le mur d'enceinte un bon moment. Ils ne croisent personne. Ah, voici que le chemin tourne sur la droite et que des frondaisons le dominent. Le bon endroit ! De l'autre côté, à n'en pas douter, ce sont les bois annoncés. Une fois qu'il aura sauté dans la propriété, Celse-Bénigne pourra s'y cacher et avancer à couvert. Tandis que, sur le chemin, Du Verger attendra son maître et gardera les chevaux. Franchir la clôture ne fait pas peur au jeune homme habitué aux exercices physiques. Il y réussit en moins de temps qu'il n'en faut pour le dire.

Il ne s'est pas trompé. Il atterrit au pied d'un grand chêne. Devant lui, d'autres chênes, encore et encore. Leurs feuilles sont toutes petites en ce début de mars, mais les arbres sont serrés et le protégeront des regards curieux.

Il progresse, bien caché, parallèlement au mur d'enceinte. Le sol est souple, moussu par endroits. Il aperçoit sur une petite hauteur les ailes du moulin et arrive en vue du verger. Au loin, des prés et des champs de blé verdissant. Continuer par-là serait risqué. Il doit rester dans le bois. Il revient sur ses pas et, cette fois, s'éloigne perpendiculairement à la clôture. Il finira bien par trouver la lisière de la forêt.

En effet après un quart d'heure de marche rapide, il y parvient. Le voilà récompensé. Une façade de la demeure lui apparaît. Des pierres blanches, des volets gris, une tourelle à l'angle. Il marche encore, maintenant dans la direction de la grille, toujours en s'abritant sous les arbres.

Soudain il s'immobilise. Le château lui apparaît presque de face. Il le regarde un moment, toujours caché. Large perron, hautes fenêtres, balustres en fer délicatement forgé, deux étages, un toit d'ardoises, une seconde tourelle au bout à droite. Une construction récente à n'en pas douter, pourtant de bon goût et de proportions harmonieuses, il en convient. Elle ne ressemble pas au château à donjons et machicoulis de son grand-père Rabutin, mais elle est élégante, et... bien entretenue, ce qui ne gâte rien.

Il est deux heures après midi, les nuages ne se sont pas dissipés, mais il ne pleut toujours pas. Et sur le gris du ciel, Montaleau se détache blanche et paisible. Il ferait bon l'habiter de temps en temps. Pourquoi pas ? Si près de Paris, ce ne serait pas s'enterrer à la campagne....

Celse-Bénigne sursaute.

Deux personnes sortent de la maison, une grande femme brune et une autre, plus petite, et plus jeune semble-t-il. La première s'enveloppe dans une longue cape noire. L'autre porte un manchon de fourrure marron, un bonnet fantaisie rouge porté très en arrière sur ses cheveux blonds, une longue veste, rouge elle aussi. C'est une hongreline, plus ajustée qu'un caban. Mais Celse-Bénigne ignore ces nuances vestimentaires. Ce n'est pas auprès de sa sainte mère qu'il aurait pu les apprendre...

Il se rend compte néanmoins que la jeune fille n'a ni béguin ni cape écourtée sur le devant, ni muletins épais pour marcher dans les champs, bref que ce n'est pas une paysanne. Alors, qui peut-elle être ? Une invitée ? Une fille de la maison ? Marie en personne ? La découvrir ainsi, incognito, comme la propriété, ce serait trop beau. Il faut qu'il la voie de près.

Il décide de suivre les promeneuses.

Depuis le rendez-vous manqué de la Visitation, Mme de Coulanges craignait que Marie ne soit déçue par le silence persistant du baron de Chantal. Étrange promis en vérité, qui ne se montre toujours pas à sa promise ! Sa fille lui semblait douce, à son habitude, plus assurée même dans son allure, mais avec un fond de tristesse.

Aussi a-t-elle décidé de l'emmener avec elle à Montaleau. Elle y va pour la journée juger de l'effet du travail de son tapissier. Il devait retendre en damas vert une des chambres de l'étage. Celle que la mère prévoit d'affecter aux futurs jeunes époux. Pendant ce temps, Marie se distraira, se promènera, ira voir les chevaux. Cela la changera.

De fait la jeune fille semble contente de se retrouver à la campagne. Elle admire en sortant les crocus et les primevères soigneusement disposés devant la maison. Quand sa gouvernante lui demande :

— Où allons-nous, Marie, ma douce ?

Elle s'écrie avec une vivacité joyeuse :

— A la gloriette, Lisa, j'ai trop envie de dire bonjour à la glycine...

Lisa sourit. Il ne pleut pas, la promenade promet d'être agréable. La gloriette à Montaleau est un des coins favoris de la jeune fille pour se reposer et bavarder.

— Plus que quinze jours, et c'est le printemps, continue Marie. Peut-être trouverons-nous aussi dans les bois les premières violettes.

Bientôt elles quittent la grande allée et les parterres quadrillés de buis pour se diriger vers le bois de chênes.

Celse-Bénigne s'aperçoit avec terreur qu'elles s'avancent vers lui. Il se terre un peu plus derrière un large tronc. Elles sont maintenant à quelques pas du jeune homme. Il craint d'être découvert... Ouf, par chance, elles ne l'ont pas vu.

Elles continuent leur promenade et suivent un chemin de terre qui longe les arbres. Pas très longtemps.

— Nous y voilà, s'écrie Marie. Oh ! la glycine est déjà en fleur.

A l'orée du bois, une gloriette octogonale, encadrée sur tout un côté par des arbres d'un vert tendre, apparaît, resplendissant de ses colonnes et de ses murs de bois fraîchement revernis. A l'avant, une magnifique glycine incline ses grappes mauves à demi écloses.

La jeune fille se précipite, monte les deux marches et entre. En prévision de la venue de leur maîtresse, les domestiques ont disposé des coussins sur le banc circulaire qui entoure la porte. Les sept larges ouvertures laissent passer un air humide mais doux, une odeur de branches, de feuilles nouvelles

— Que j'aime cet endroit ! dit-elle en se jetant sur le banc face aux arbres.

Elle s'étire d'un air de bonheur et se met à chanter de sa jolie voix claire : *Le rossignol, le coucou, la fauvette dans nos jardins ont ouvert le printemps.* C'est un air du bon vieux temps du roi Henri, un air qui célèbre la nature et la beauté du royaume de France.

Lisa s'assoit près d'elle, contente de sa joie, puis bercée par la ritournelle familière, elle se laisse insensiblement gagner par le sommeil.

— *Ma pouponne mignonne, que fais-tu ?* continue la jeune fille. *Je guette de la pluie les fines goutelettes...*

Elle en est au troisième couplet « Aubriètes et violettes », quand, brusquement elle s'arrête.

Le fin visage d'un jeune homme, auréolé du vert des frondaisons, s'encadre dans l'ouverture qui lui fait face. Elle va crier. Il met son index sur sa bouche. Elle se tait.

— Marie, qu'y a-t-il ? demande Lisa.

Le silence a réveillé la gouvernante. Elle sort, affolée, de son assoupissement.

— Rien, rien, répond la jeune fille. J'ai manqué une mesure et j'ai voulu recommencer au début.

Et reprenant son calme, comme si de rien n'était, elle rechante le refrain :

— *Le rossignol, le coucou, la fauvette, dans nos jardins ont ouvert le printemps...*

Celse-Bénigne a réussi à rejoindre les inconnues. Toujours en se cachant, il a aperçu le toit de la gloriette. Puis une voix féminine l'a guidé. Cette voix juvénile lance dans la paix des bois un chant inconnu de lui. Un chant qui ne ressemble ni à celui des religieuses dans leur monastère, ni aux chansons entraînantes de ses camarades bretteurs ni à celles des belles que l'on appelle les Filles du Marais. Un chant qui s'égrène, rond comme les perles d'un collier, clair comme l'eau d'une fontaine, qui monte très haut avec « la fauvette » et retombe doucement avec « le printemps ». Parviendra-t-elle encore, cette chanteuse inconnue, à lancer ses notes si hautes et si légères, se demande-t-il, un peu anxieux ? Il le souhaite. Il veut continuer à l'entendre. Cela le charme.

Il s'avance vers une ouverture de la gloriette, passe la tête et soudain, il la voit, la jeune fille à la veste rouge. Au même moment, elle le voit aussi. Leurs regards se croisent. Elle s'arrête de chanter. Mais elle ne crie pas. Elle a compris son geste de la main.

En un instant, sa beauté lui saute aux yeux, son visage paisible, ses lèvres roses, ses épaules bien droites... Et sa voix si douce.

Il entend sa compagne l'appeler Marie. Alors il en est sûr, cette Marie, dans ce domaine, dans cette gloriette, c'est forcément Marie de Coulanges. Il est heureux. Il l'a découverte tout seul, sans présentation ni rendez-vous concerté. Comme il a bien fait de n'écouter que lui !

« Comment est-elle ? » demandaient ses camarades, curieux.

Il peut leur répondre maintenant. Parler de sa petite fée des bois, de sa grâce, de ses yeux bleus, de son cou délicat, de sa voix délicieuse...

Rassuré, enchanté, envoûté même par cette fiancée, il s'éloigne silencieusement, court vers le mur de clôture, le franchit de nouveau, retrouve Du Verger et ses chevaux.

— Vite, vite, dit-il à l'écuyer, nous allons à Montaleau. Nous passerons par la grille cette fois. Si Marie est là, sa mère à coup sûr y est aussi, à la chaperonner.

Et devant l'air ahuri de Du Verger qui s'est morfondu à l'attendre, il ajoute :

— Je vais inventer une histoire pour justifier ma présence à Sucy. Et je vais saluer la digne dame à qui j'ai fait faux bond l'autre jour. Je la cajolerai, elle ne m'en voudra pas. C'est que, mon bon Du Verger, lance-t-il, coquin, j'ai maintenant diantrement envie de me marier avec sa fille.

De son côté Marie se remet de ses émotions. Elle s'est arrêtée de chanter quand elle a vu le jeune homme. Pas effrayée, surprise.

En vérité, elle n'a pas peur de cet inconnu. Il est trop beau. Mais la curiosité la ronge. Qui est-il ? Un voisin ? Un promeneur égaré ? Le domaine est pourtant clos et le mur d'enceinte difficile à franchir. Alors ?

Pensive, elle rejoint sa mère au château. Lisa la suit, intriguée par son silence subit.

Cependant l'heure tourne. Ces dames rentrent à Paris. Une fois installée sur les coussins dodus de son carrosse, Mme de Coulanges se penche vers sa fille :

— Je dois vous dire, mon enfant, que j'ai eu tantôt la visite du baron de Rabutin-Chantal.

Marie retient son souffle.

— Il venait à Sucy porter un livre à un prêtre de la paroisse, un vieil ami de son oncle l'archevêque. Il est passé par le village. Là on lui a dit que j'étais à Montaleau. Alors il est venu me saluer. Je ne vous cache pas, continue-t-elle, que j'avais été fâchée de sa désinvolture l'autre jour à la Visitation. Mais enfin..., il faut être indulgent envers les jeunes gens. Je dois reconnaître qu'il est d'un abord agréable et qu'il a été fort poli. Un vrai gentilhomme !

Marie écarquille les yeux, rosit. C'était donc lui qui rôdait dans le bois, se dit-elle. Lui, vraiment ! Quelle chance merveilleuse ! ce jeune homme au fin visage, aux yeux vifs, c'est Celse-Bénigne en personne, celui qui doit m'épouser.

Elle esquisse un sourire silencieux. Lisa l'observe. Elle la connaît bien pourtant et depuis si longtemps... Mais pour la première fois, elle ne devine pas les sentiments qui agitent Marie.

Mme de Coulanges regarde aussi sa fille.

— La voici toute rose, pense-t-elle. Il n'y a pas à dire. Cette journée à la campagne lui a fait du bien !

6.

Un favori de chasse

De la découverte de Celse-Bénigne, Jean de Toiras est le premier informé.

— Mon ami, mon plus cher ami, a lancé Chantal, joyeux, en entrant dans sa chambre au Louvre, il faut que je vous dise mon bonheur.

Il raconte son aventure de Sucy. Et il poursuit avec vivacité :

— Maintenant je vous quitte. Je file Place Royale. Depuis hier, je n'y tiens plus. Il faut que je revoie ma fée de Montaleau.

Toiras approuve. Il se réjouit sincèrement de l'enthousiasme du jeune homme.

Il a pourtant d'autres chats à fouetter.

Autour de Louis XIII, en ce mois de mars 1623, l'atmosphère est instable, agitée de rivalités et de complots. Depuis l'accession au trône d'un petit garçon de neuf ans, orphelin d'un père assassiné brutalement par Ravaillac, il en a toujours été ainsi. Mais depuis que la scarlatine a emporté, deux ans plus tôt, le favori du roi, le connétable de Luynes, les ambitions se déchaînent. Qui prendra sa place ?

La reine-mère, Marie de Médicis, a la nostalgie du pouvoir qu'elle a exercé comme régente. Elle ne songe qu'à garder la haute main sur son aîné, ou pire encore à intriguer en faveur du cadet, Gaston d'Orléans, son fils préféré. La jeune reine, Anne d'Autriche, passé sa brève lune de miel, n'a aucun crédit à la cour mais elle ne s'y résigne pas. Les Grands, le prince de Condé à leur tête, guettent les occasions favorables de semer le trouble et d'améliorer leur situation. Et pour lui, Jean de Saint-Bonnet, marquis de Toiras, bientôt quadragénaire, quel avenir ? Il se le demandait quand Chantal est entré chez lui.

Son ami parti, il se le demande encore, assis à son écritoire et tracassant le porte-montre en argent que le roi lui a offert naguère.

En arrivant à la cour, sans le sou, aîné d'une famille de huit enfants, il pouvait se vanter d'être issu de l'ancienne maison du Caylar, une lignée dont la noblesse était reconnue en Languedoc depuis quatre cents ans. Mais il n'était pas seul dans ce cas. Les cours regorgent de gentilshommes provinciaux, gueux et ambitieux.

En fait, nul ne l'ignore, ce qui a distingué Toiras des autres, c'est son habileté extrême à la chasse. D'abord chargé des meutes de chiens pour le lièvre et le renard, puis du tir en vol des oiseaux dans les champs, il est devenu lieutenant de la vénerie de Sa Majesté et capitaine de sa volière. L'un des rares à suivre le roi dans toutes ses équipées en forêt. A l'accompagner chaque fois qu'il va voir ses oiseaux. Avec un monarque dont la passion principale est la chasse, ces privilèges ne sont pas sans importance ni signification.

On murmure même aujourd'hui qu'il pourrait remplacer Luynes. Le Provençal devenu connétable de France n'avait-il pas commencé sa carrière fulgurante comme maître de la fauconnerie royale ? Pourquoi Toiras ne suivrait-il pas un parcours analogue ? Ses amis l'espèrent. Ses ennemis le redoutent. Tous envient sa familiarité quotidienne avec le souverain.

A première vue, le rôle de favori déclaré ne lui déplairait pas, mais il ne se fait pas d'illusions. Pour les unir durablement, il y avait entre Louis XIII et Luynes le cadavre de Concini, maréchal d'Ancre. Le roi ne s'était débarrassé de cet ambitieux favori de sa mère que grâce à Luynes. C'est lui qui avait manigancé l'arrestation de Concini. Après quoi Vitry, capitaine aux gardes, n'avait eu qu'à l'abattre d'un coup de pistolet. Cette complicité dans l'assassinat justifiait bien des promotions...

Rien de tel avec Toiras. Il n'a point de cadavre à offrir, sauf ceux, innombrables et dérisoires, de renards, de loups, de pies, de faisans ou de perdreaux. Et encore, même pas, car c'est le roi qui se flatte de les tirer !

Et puis Jean se veut un favori de chasse, non un favori d'alcôve. C'est son choix. Rien de comparable là non plus avec Luynes, que le roi allait visiter plusieurs fois par jour, en toutes circonstances, plus longuement et plus régulièrement que la reine même...

Ce choix n'empêche pas Toiras de suivre avec dévotion et fidélité son maître, plus jeune que lui de seize ans, et de lui donner généreusement l'amitié masculine dont il a besoin. Combien de fois n'a-t-il pas été témoin des accès de timidité de Louis, de son bégaiement qu'il tâche de masquer en parlant peu, de son horreur des cérémonies, de la foule et des costumes d'apparat ? Sans parler de ses fièvres et de ses douleurs.

Jean est des proches qui n'ignorent rien des clystères purgatifs, des eaux médicinales de toutes sortes que l'on prescrit au jeune roi, de ses enflures, de ses maux de tête, de luette, de dents, d'intestins, de sa toux, de son ventre ballonné, de certaine « effleurure » de verge malencontreusement frottée, de ses excréments recueillis, décrits et commentés chaque jour en détail par son médecin Héroard, bref de cette foule de maladies qui l'assiègent sans cesse, et depuis deux ou trois ans sont devenues chroniques.

Il connaît son roi par cœur, faible physiquement, mais exigeant envers lui-même, bourré de contradictions, rêveur et mélancolique mais fier de sa souveraineté de droit divin. En fait, il le plaint, ce jeune homme horriblement jaloux de son autorité de monarque absolu, et par ailleurs si triste de perdre ses cheveux à dix-neuf ans qu'il en inaugure le port de la perruque à la cour. Il veut l'aider, et d'être différent de Luynes ne l'empêche pas de satisfaire aux moindres caprices de celui pour lequel il éprouve une profonde affection.

L'an dernier, à Béziers, en pleine campagne contre les huguenots, on le réveille brusquement. Le roi tousse, il a voulu faire après souper une promenade à pied autour de l'évêché, où il est logé. Cela ne lui a pas réussi. Malgré l'extrême chaleur de ce mois de juillet, il tousse encore. Son médecin lui fait prendre de l'eau citronnée sucrée et le met au lit à huit heures.

Mais Louis ne s'endort pas. La fantaisie lui prend de jouer aux cartes. Il se relève, fait appeler Toiras et trois de ses camarades. Et le voilà jouant avec ses hommes sans se soucier de leur fatigue, des combats qu'ils auront à mener le lendemain. Au contraire quel honneur il leur fait de les distinguer pour le distraire !

C'était quelques mois après la mort de Luynes. La partie s'était terminée avant dix heures, heureusement. Mais Jean aurait joué aux cartes jusqu'au petit matin, s'il l'avait fallu, pour apaiser l'angoisse du jeune roi. Il n'a pas de plus cher désir que de lui témoigner son attachement dans les petites choses de la vie.

Il fait plus. Depuis trois ans qu'il commande une

compagnie des gardes, non content d'accompagner son maître à la chasse, il le suit à la guerre. Il participe brillamment aux campagnes militaires menées d'abord contre les grands seigneurs révoltés, puis contre les huguenots.

Après la bataille des Ponts-de-Cé, en août 1620, le premier combat auquel assistait le jeune Louis et sa première victoire sur l'armée des princes révoltés, n'a-t-il pas dit de Toiras :

— Il se sert aussi bien de la pique à la guerre que du cor à la chasse.

Le mot s'était répandu à la cour comme une traînée de poudre. Et désormais Jean ne compte plus les saluts que lui adressent les courtisans.

Il sourit rêveusement, ouvre le porte-montre et regarde l'heure. Le temps a passé. Dommage. Il aimerait se replonger dans ses souvenirs de guerre, Montpellier, le siège de Montauban... En vérité, voilà ce qui l'intéresse dans la vie : combattre pour son roi.

A y réfléchir, il se rend compte qu'il n'est pas taillé pour faire de la politique, ni pour gouverner. Malgré les faveurs dont Louis l'honore, son chemin n'est pas celui d'un Luynes. Au sortir du ballet de Junon, il a entendu l'autre soir le perspicace ambassadeur vénitien Pesaro déclarer :

— Il faut à la France un ministre, un vrai, pas seulement un favori, comme Luynes.

Satisfait de l'attention de ses auditeurs, Pesaro a continué :

— Le difficile, c'est que le roi a besoin de se mettre constamment sous la gouverne de quelqu'un, mais en même temps il redoute l'autorité de qui le gouverne. Le ministre idéal sera donc celui qui assumera les décisions, tout en sachant les lui faire accepter en douceur, comme venant de lui.

Pesaro a raison, se dit Toiras en repensant à ses propos.

Et je ne serai jamais ce ministre-là. Je n'en ai pas le goût. D'ailleurs je sais que ce ministre idéal existe. Richelieu, à n'en pas douter, qui a reçu l'an dernier la dignité de cardinal... Il attend pour s'imposer à tous et faire éclater son talent. Il s'était initié aux affaires avec la protection de la régente Marie de Médicis, et fut un bref moment l'auxiliaire dévoué de Concini. Il avait choisi le mauvais cheval, on l'a mis de côté. Depuis sept ans, il piaffe dans l'ombre et ne songe qu'à revenir au pouvoir. Parce que le roi m'estime, le cardinal ne m'aime pas. Mais je m'en moque. Je suis un homme de guerre !

Jean se lève, ajuste soigneusement son chapeau à plumes sur ses beaux cheveux et sort de sa petite chambre. Il va faire quelques pas, puis ira voir si tout se passe bien dans les volières royales.

Dehors, le ciel est menaçant. Dans la cour du Louvre, il se hâte et se heurte presque au Grand Chambellan et à François de Boutteville, en grande conversation. Le premier a l'air furieux, le second perplexe.

— Vous voilà, Toiras, s'écrie le Grand Chambellan, rouge, gros et irrité. Vous saurez peut-être où se trouve votre ami Rabutin-Chantal. Boutteville l'ignore. Hier, le drôle n'a pas paru à la cour, aujourd'hui il est introuvable. Une fois de plus il manque à son service. Ce n'est pas ainsi que l'on remplit la charge de gentilhomme ordinaire du roi.

Parbleu, se dit Jean, c'est la faute à la petite fée de Montaleau. Il regarde Boutteville. Le comte répète qu'il ne sait pas où est leur camarade. Alors Toiras se tourne vers le Grand Chambellan :

— J'ai une idée, déclare-t-il. Je vais tâcher de trouver Chantal et lui rappeler que vous l'attendez.

— Au plus vite, en vérité.... Sinon il lui en cuira, menace le gros homme en laissant là les deux amis.

— Maintenant que l'importun est parti, vous pouvez

bien me le dire, lance à Toiras un François dévoré de curiosité. Où est Celse-Bénigne ? Chez les filles ? Au jeu ? Je le saurais. Un nouveau duel ? c'est cela ?... Non, il m'aurait prévenu. Alors ? Que fait-il ?

— Mon cher, il vous le dira lui-même, réplique Toiras. Je n'ai pas le temps de bavarder avec vous. Comprenez-le. Il me faut retrouver notre ami.

Et, riant de l'expression déconfite de Boutteville, Jean saisit son chapeau. Avec sa grâce coutumière, du geste suprêmement élégant que tous connaissent et admirent à la cour, il lui adresse un grand salut, puis s'enfuit en courant chercher son cheval.

Depuis que Toiras a passé la porte du Louvre, il pleut à verse. Il arrive trempé Place Royale. Son humeur a changé. Il saute de sa monture, mécontent, tandis que son écuyer attache les chevaux et se met à l'abri sous les arcades.

Pourquoi s'est-il fourré dans ce guêpier ? A supposer qu'il soit là, chez les Coulanges, comment Celse-Bénigne le recevra-t-il ? Les messagers de mauvaises nouvelles ne sont jamais bien accueillis. Et les beaux-parents, quelle tête feront-ils en le voyant ? A coup sûr, ils n'aimeront pas apprendre l'incartade de leur futur gendre. Comment adoucir devant eux le message comminatoire du Grand Chambellan ? Dieu ! qu'il a été sot ! Il s'est comporté avec précipitation, ne songeant qu'à tirer son ami d'un mauvais pas.

Et maintenant ? Il frissonne, il regarde piteusement la blanche plume d'autruche de son chapeau. Elle pend, mouillée et lamentable. Il enrage. A la chasse, il se moque des intempéries, du froid, de sa toilette. Oui, mais à la chasse, le roi est là. Rien d'autre ne compte. Tandis qu'à la ville...

Au diable l'amitié, marmonne-t-il, au diable ce Chantal, dont je dois sans cesse rattraper, excuser, les bévues, les retards. Ne me laissera-t-il jamais en paix ? Se croit-il donc tout permis ? Déjà le portier de l'hôtel, désireux de ne pas faire attendre davantage ce gentilhomme trempé de pluie, s'avance vers lui. Trop tard. Il faut y aller.

Un domestique introduit Toiras dans la salle de réception des Coulanges. Dans la cheminée flambe un grand feu. Immédiatement il se sent réchauffé.

Il voit une femme en noir sur sa droite, allongée dans un fauteuil de repos. Il veut l'approcher et la saluer, mais un enfant se précipite vers lui, se suspend à son bras, tâte la garde de son épée et l'empêche d'avancer.

— Ne bougez pas, lui chuchote-t-il gravement, ma sœur fait de la musique.

De fait, Jean aperçoit, dos à l'une des quatre fenêtres, une jeune fille vêtue de rose pâle, les cheveux blonds couverts d'une dentelle légère, assise bien droite sur une chaise à haut dossier, en train de jouer du luth. Elle se détache, lumineuse, sur le gris du ciel qu'on aperçoit derrière les carreaux à losanges. On n'a pas encore allumé les lustres. Seules les flammes de la cheminée l'éclairent de temps à autre de leurs lueurs légères et dansantes. Sa robe de taffetas ressemble à de la nacre légèrement rosée.

Jean obéit sans peine à l'enfant qui le retient toujours par la main. Pour rien au monde il ne bougerait devant cette merveilleuse apparition. Si par malheur elle allait disparaître... Il demeure donc figé à l'entrée de la salle, comme envoûté par cette inconnue qui fait sortir de ses petits doigts des sons inconnus et très doux.

L'espace d'un instant, il rêve que cette pièce vaste, harmonieuse et tiède, si différente de ses logements exigus du Louvre ou des camps militaires, lui appartient, que cette jeune femme ravissante est la sienne. Il rêve qu'il traverse la salle, vient à elle. Elle tourne son visage vers lui, sourit de ses lèvres roses, lâche son luth. Il va la prendre dans ses bras...

Hélas, elle lâche son luth, la musique cesse, le morceau est fini. Jean redescend brutalement sur terre. L'instant magique est passé. Il distingue maintenant les autres personnages qui recommencent à s'agiter et à parler dans la pièce. Le petit garçon lâche sa main. Il est rejoint par un autre enfant un peu plus grand, et une jeune fille en jaune. La dame en noir ainsi qu'un gros garçon vêtu de sombre félicitent la musicienne. C'est alors que Toiras distingue, assis sur un tabouret aux pieds de la belle, son ami, Celse-Bénigne en personne. Parbleu, il est assis aux pieds de sa fiancée !

Le coup est rude. Mais Jean se ressaisit. Il adresse quelques mots de politesse à la maîtresse de maison, fait un rapide signe de tête à son camarade et s'avance vers la joueuse de luth. Sans se soucier de ses bottes mouillées ni de sa plume trempée, il saisit adroitement son chapeau et adresse à la jeune fille le plus aérien, le plus réussi, le plus fervent de ses saluts.

— Bon, s'écrie Celse-Bénigne, tu peux t'arrêter. On t'a assez admiré. Tout Paris sait que tu n'as pas ton pareil pour t'incliner devant les dames.

Il présente rapidement Toiras, soulignant ses titres, ses mérites et les faveurs dont le roi l'honore. Puis il termine en riant :

— Maintenant que tu as salué dignement ma fiancée, dis-nous plutôt ce qui t'amène ici.

Alors, devant l'insouciante assurance de son jeune ami, Jean fait taire en lui tout sentiment de jalousie. Cette fille l'a ébloui, il la désire, mais elle ne lui est pas destinée. Il n'est pas assez mesquin pour trahir Celse-Bénigne, raconter devant sa future belle-famille ses manquements au service et la fureur du Grand Chambellan. Il ne gâchera pas son avenir. Au contraire, il va le valoriser.

Refoulant de son cœur la moindre parcelle d'envie, il annonce pompeusement, de sa voix autoritaire et bien timbrée :

— Mon cher, le Grand Chambellan vous attend d'urgence pour une mission d'importance. Il n'a pas daigné me la révéler.

Et, sans plus regarder personne, il prend congé.

Toute la soirée, Lisa remarque combien Marie est rêveuse. Pas étonnant, croit-elle, après cette journée exceptionnelle où la petite a découvert, enfin, le visage de son fiancé. Elle va sûrement lui en parler d'abondance, détailler les mille mérites de ce séduisant gentilhomme.

Lisa s'apprête à faire chorus, quand, à son grand étonnement, elle voit Marie se tourner vers elle et lui demander :

— Expliquez-moi, ma bonne, je vous prie. Qu'est-ce exactement qu'un favori de chasse ?

7.

Viendra, viendra pas ?

Philippe de Coulanges y tient. Le mariage de sa fille doit revêtir un éclat particulier.

Le financier s'allie à l'une des plus anciennes familles du royaume, et veut souligner son ascension sociale aux yeux du monde. Il met donc un soin maniaque à récapituler avec sa femme la liste des participants à la cérémonie. Aux cérémonies, devrait-il dire. Car, après l'engagement solennel des fiancés, le contrat de mariage sera signé dans son hôtel de la Place Royale. Après quoi, une collation, somptueuse, il va de soi, y sera servie. La bénédiction nuptiale aura lieu le lendemain en l'église de Sucy-en-Brie. Une réception, encore plus somptueuse, se déroulera ensuite dans son château de Montaleau.

Première difficulté, l'absence prévue de Mme de Chantal. Mme de Coulanges, persuadée de la mission toute sainte de la baronne – dont elle admire infiniment la piété –, et catéchisée par le bon archevêque Frémyot, s'est faite à l'idée que la mère du marié ne se déplacera ni pour honorer le mariage de sa présence ni pour rencontrer sa belle-fille.

Le père de la mariée renâcle à l'admettre :

— Ne me dites pas, ma chère, que cette personne n'a

pas le droit de venir à Paris. Elle est la mère supérieure de son ordre, c'est elle qui décide des permissions à accorder à ses religieuses. D'ailleurs François de Sales, le fondateur, n'a pas souhaité que ses religieuses fussent enfermées dans leur couvent. Elles font partie de l'ordre de la « Visitation ».

Qu'est-ce que cela veut dire ? continue-t-il en balayant de la main la tentative de sa femme pour prendre la parole. Cela veut dire qu'elles font des visites, qu'elles « visitent » les pauvres pour les soigner, les instruire de la religion chrétienne, et tout le reste. Donc qu'elles sortent. Qu'elles vont et viennent. Ah, ah, vous ne me saviez pas si savant...

— Certes, mon bon ami, reprend pompeusement Mme de Coulanges, mais avant même la mort de François de Sales, l'évêque de Lyon a exigé que ces religieuses devinssent cloîtrées. C'était plus convenable. Après tout, leurs œuvres de charité n'étaient pas essentielles à côté de leur devoir de prière, de leur statut de religieuses. François de Sales l'a reconnu. Et voici cinq ans que, par un bref du pape, la Visitation est devenue un ordre monastique avec mise en clôture des religieuses.

— Vous ne me ferez pas croire qu'il n'y a pas de dérogations à cette clôture. Vous-même me serinez sans cesse que la mère de Chantal va visiter – visiter, justement, souligne le financier avec un sourire railleur –, tel ou tel de ses treize monastères.

— Mais c'est pour le bien de ses communautés.

— Et le bien de son fils, le bien de sa belle-fille, le bien du père de sa belle-fille, cela ne compte-t-il pas ? Qu'en pensez-vous ?

— Je ne pense qu'une chose, mon ami, elle se doit de donner l'exemple et ne pas se laisser aller à quelque faiblesse maternelle.

— Bon, bon, grommelle Coulanges.

Il arrête la discussion pour ne pas importuner sa femme,

et parce que le sujet le met en colère. Après tout, si la baronne de Chantal ne veut pas se comporter en mère, c'est son affaire. Son frère l'archevêque, lui, signera le contrat et bénira les époux. C'est le principal. Mais il ne peut se retenir d'ajouter, grinçant :

— Voyez, ma chère, elle n'a même pas envoyé de procuration pour la signature du contrat. Pour le mariage de sa fille Françoise avec Antoine de Toulongeon, elle en avait donné une à son fils. Il est vrai, ricane-t-il, que le gendre est d'une ancienne famille de Bourgogne. Pas de lettre non plus, poursuit-il, alors que nos enfants vont s'unir pour la vie... Qu'elle ne m'écrive pas à moi, passe. Mais elle aurait pu vous écrire à vous. Par son frère, elle ne peut ignorer votre piété, votre foi, votre fidélité à la religion catholique.

— La lettre va sans doute arriver, mon ami.

Coulanges se tait, mécontent.

En réalité, ce qui l'inquiète le plus, ce n'est pas le silence de la mère de Chantal, c'est que d'autres proches du marié pourraient être absents. Ce serait, pour sa vanité, d'un effet bien plus désastreux.

On chuchote en effet partout que la famille de Rabutin n'en finit pas de remâcher son déplaisir. Comment ? Celse-Bénigne, le fils unique de la branche aînée, va se mésallier ? Intolérable.

Evidemment, le grand-père de Celse-Bénigne, Guy, qui a recouvert de ses armes les murs de son château délabré et les a même fait broder sur son habit, ne peut rien dire. Il est mort. Mais les cousins de la branche cadette, Léonor, marié à Diane de Cugnac, Hugues, qui brigue le poste de Grand Prieur de France, tous les autres, jusqu'aux alliés les plus lointains, n'arrêtent pas de déblatérer contre les Coulanges. Jusqu'à ce morveux de Roger de Rabutin, le fils de Léonor, qui, à dix ans, n'a paraît-il à la bouche que les mots « généalogie » et « chartes de noblesse ».

Quelle meilleure manière pour eux de manifester leur réprobation au mariage de Celse-Bénigne que de n'y pas venir ? Philippe de Coulanges en frémit. Quel affront ce serait ! Et quelle injustice...

Il ne répétera jamais assez que bien des familles nobles désargentées marient leur fils à quelque fille riche et sage. Et qu'il n'est pas lui-même un moins que rien : Louis XIII, qui sait combien la caste des financiers est nécessaire au royaume, ne lui a-t-il pas accordé le titre de « conseiller du roi en son Conseil d'Etat » ?

Titre qu'il exhibera et portera dans le texte du contrat, foi de Coulanges !

Le moment des noces approche. Elles auront lieu en mai. Au diable les craintes qui déconseillent les mariages ce mois-là !

La mère de Chantal, qui voulait deux ans plus tôt que sa fille se marie en mai, lui avait affirmé qu'il ne fallait pas tenir compte de ces superstitions. Mais Françoise redoutait le mari, son aîné de vingt ans, auquel on la destinait. Elle en était tombée malade. Les choses traînèrent. Toulongeon l'avait finalement épousée en juin...

Marie du moins ne craint pas de s'unir au jeune et vigoureux Celse-Bénigne. Peu lui importe que ce soit pendant le mois consacré à la Vierge. Ne porte-t-elle pas le même prénom qu'elle ? En revanche elle se soucie des absences possibles des Rabutin à ses noces. Son père en a fait mention un jour devant elle. Elle n'a rien osé dire. Mais dans le secret de sa chambre, seule avec Lisa, elle s'indigne des manières dénigrantes de ces gens si bien nés.

— A défaut de sa famille paternelle, la famille maternelle de mon promis sera là, n'est-ce pas ? demande-t-elle, inquiète, à sa gouvernante.

— Oui, en partie. Je sais que Monseigneur Frémyot présidera la bénédiction nuptiale à Sucy.

— Tant mieux. Je le trouve bienveillant.

— J'ai entendu parler aussi d'un cousin du baron de Chantal, Jacques de Neuchèze, qui est abbé. Il viendra sûrement. Il souhaite devenir évêque. Il ne va pas risquer de déplaire à l'archevêque de Bourges en ne venant pas ! dit Lisa, moqueuse.

— Quant au beau-frère de Celse-Bénigne, Antoine de Toulongeon, il sera là. Forcément. Et sa femme, ma future belle-sœur.

— Pour celle-ci, réplique Lisa, n'y comptez pas trop, ma douce.

— Pourquoi ?

— Elle est panier percé et aime l'argent, comme il n'est pas permis. A sa décharge, il faut dire que, pour ses dépenses personnelles, son mari – comme sa mère autrefois – lui tient la bride horriblement serrée. Songez qu'à distance et par lettres, ces deux-là se communiquent le nombre des robes de la malheureuse, leur texture. « Pas de petites vanités de bagues ni d'habits. Pas de fantaisies ni de niaiseries d'enfance. Il ne faut pas s'affectionner à ce que Dieu nous donne », sermonne la religieuse à sa fille. Alors, depuis qu'elle a appris combien vous êtes riche et gâtée par votre famille, Mme de Toulongeon doit être dévorée de jalousie.

— Je comprends, poursuit Marie, qui progresse à pas de géant dans la connaissance du cœur humain. Parce qu'elle est jalouse de ma chance, elle voudra se venger et ne fera pas à ma famille l'honneur d'assister à mon mariage. En plus se montrer avec un vieux mari, dans de vieilles robes...

Marie pouffe de rire.

— Au fait, comment savez-vous ces choses, Lisa ?

— Les Toulongeon habitent le château d'Alonne en Bourgogne. J'ai gardé quelque relation avec une cousine Saignon qui s'est installée là-bas. Et vous n'êtes pas sans savoir maintenant, ma douce innocente, que les mariages font toujours jaser...

— Mais Françoise vient quelquefois à Paris ?

— Oui, elle y accompagne son mari à l'occasion. Lui est capitaine, et le plus souvent à l'armée. Il a participé aux combats contre les protestants, au siège de Montauban, je crois. Celui où s'est illustré le jeune homme qui est venu un jour porter un message à votre fiancé. Vous savez bien, le jeune homme trempé de pluie qui vous a fait une si belle révérence, le...

— Le favori de chasse ? la coupe Marie en rosissant.

— Lui-même, répond Lisa.

Et elle se tourne pour cacher un sourire.

Le dimanche 7 mai, le curé publie, en l'église Saint-Paul, le premier ban. Il informe ainsi solennellement les paroissiens du projet de mariage entre Marie de Coulanges et Celse-Bénigne de Rabutin-Chantal, et les enjoint de révéler les empêchements à ce projet, s'ils en connaissent. Un second ban sera publié huit jours après. Telle est la procédure inaugurée, pour les mariages catholiques, par le concile de Trente.

Le dimanche suivant, donc, la famille Coulanges au grand complet, suivie de nombreux amis et voisins de la Place Royale, se rend à Saint-Paul pour la messe dominicale. Avec Celse-Bénigne, ils en profiteront pour lire et pour entendre la publication des fameux bans.

Marie connaît l'édifice par cœur. Depuis qu'elle est née, elle le fréquente. C'est la paroisse de ses parents. Il s'élève rue Saint-Paul, non loin de la rue Saint-Antoine et de l'hôtel des Coulanges. Sur la gauche du bâtiment, une tour haute et mince porte le jacquemart, le seul de Paris, une statue de bronze dont le bras articulé sonne les heures sur une grosse cloche. « Au-dessus du roi et de la cour, le plus beau poste de France », disent les railleurs. Et la petite fille s'amusait, comme les passants, de voir se mettre en branle le jacquemart.

Les explications qu'on lui rabâchait maintes fois, sur la façade percée d'un haut portail surmonté d'une large baie, sur le pignon décoré de statues, sur l'ensemble du XIIIe siècle, remanié au XVe, elle ne les écoutait guère. En revanche, de savoir qu'au VIIe siècle il y avait là un cimetière réservé à des religieuses parisiennes la faisait frissonner. On transportait leurs cadavres en barque sur la Seine, on les débarquait au port Saint-Paul, tout près, et on les portait ensuite à bras jusqu'à la chapelle funéraire.

Marie se rappelle ses interrogations de fillette. On les portait de nuit probablement ? Y avait-il des flambeaux ? Etait-ce à la clarté de la lune ? Une longue procession de moines chantait-elle des airs lugubres ?

Pour l'heure, assise à l'intérieur de Saint-Paul, elle laisse son esprit vagabonder pendant que le curé distille son sermon du quatrième dimanche après Pâques. Elle contemple les vitraux.

En particulier celui de Jeanne la Pucelle. Pas vraiment indiqué pour un jour de fiançailles.

Puis elle songe qu'au XIIIe siècle, la chapelle, transformée en église, servit de paroisse aux rois de France et qu'on y baptisa, pendant deux siècles, les dauphins et fils de France. Aura-t-elle aussi des enfants ? Seront-ils baptisés ici ? A la dérobée, elle tâche d'apercevoir le profil de Celse-Bénigne, assis sur la même rangée qu'elle... Tout à l'heure, quand ils ont découvert leurs noms publiés côte à côte, elle lui a souri et il lui a rendu un sourire joyeux.

Les Coulanges sortent de Saint-Paul. Les Rabutin ne sont pas venus. Celse-Bénigne ne semble nullement s'en soucier. L'héritière est riche, belle et douce. Pour lui, l'affaire est faite.

Dans le carrosse à quatre chevaux qui les ramène Place Royale, Mme de Coulanges pose une main apaisante sur le bras de son mari. Il doit se calmer. Les Rabutin se manifesteront sans doute cet après-midi pour la signature du contrat.

Coulanges a souhaité que l'on s'inspire pour les fiançailles d'un usage du siècle passé. C'est Lisa qui le lui a expliqué. Pour ce qui touche aux traditions, elle est son meilleur guide. Il a été séduit par l'aspect de conquête que prenait l'engagement des jeunes gens, quand il suffisait qu'un garçon offre un glaïeul à une fille, ou un gâteau, ou une épingle, et que celle-ci les prenne, pour qu'il puisse la déclarer sa « créantée », sa fiancée.

Séduit aussi par le mot, il a donc décidé que Celse-Bénigne offrira un cadeau à sa « créantée » en reprenant la formule ancienne : « Je te le donne en loyauté de mariage. »

Le jeune homme est cousu de dettes, mais il n'est pas question qu'il présente à la fille d'un richissime financier une rose de mai ou une branche de prunelle en boutons. Marie aime les bijoux, elle rêve d'un collier de perles, elle a maintenant l'âge d'en porter un. Elle le recevra des mains de Celse-Bénigne, en gage de fiançailles. Coulanges l'aura payé.

Ainsi vers trois heures de l'après-midi, dans une salle lambrissée qui donne sur la rue Royale, Chantal attache au cou mince de Marie un magnifique collier de cinquante perles rondes. Le financier n'a pas lésiné. Le bijou coûte plus cher qu'un carrosse... La robe de la jeune fille est blanche mais décolletée à souhait, pour que le collier apparaisse dans tout son éclat.

Ensuite Monseigneur Frémyot et le cousin Neuchèze récitent avec solennité les prières propres à la cérémonie des fiançailles. Il ne reste plus qu'à passer au contrat.

Le notaire Herbin, garde-notes du roi, s'installe pesamment à une grande table couverte de cuir. Maître Charlet l'assiste et dispose son écritoire. Tous deux ont la tête couverte d'un chapeau noir et plat, à larges bords. En face d'eux, assis confortablement, les promis et la parentèle des Coulanges.

Philippe a tourné plusieurs fois la tête vers la porte. En vain. Point de Rabutin à l'horizon. Sa femme le fixe d'un regard apaisant, qu'il fait exprès d'ignorer. En revanche, depuis que la lecture de l'acte a commencé, il se montre particulièrement attentif. Le montant de la dot est élevé, plus de quatre fois celui de Huguette Liotard, la Grenobloise. Le financier veille donc à ce que les conditions qu'il a mises au versement de cette dot soient respectées. Et ce n'est pas l'absence des Rabutin qui le rendra plus accommodant...

Il a pris ses précautions contre les dépenses excessives de Chantal, que chacun connaît. Un septième de la dot seulement est disponible en argent comptant. Le reste est constitué de rentes, en majorité sur les gabelles. Le père garde la main sur la dot de sa fille. Sur ses vêtements, sur son habitation aussi. Les Coulanges s'engagent à la vêtir eux-mêmes, et à loger le ménage dans l'hôtel de la Place Royale, pendant au moins deux ans. Ils veulent être sûrs qu'en cas de folies de son époux, Marie vivra « selon sa qualité ».

Enfin, le financier a exigé que Celse-Bénigne ait acquitté les dettes de sa famille – de ses père et grand-père, essentiellement –, avant de se marier.

André Frémyot s'en est chargé. Il est loin d'en avoir terminé avec ce fardeau. Il s'y applique, avec le soutien, assure-t-il, d'Antoine de Toulongeon. Pour montrer sa bonne volonté, l'archevêque promet même une petite rente à son neveu. Moins que le montant des habits et bijoux mis dans la corbeille de la mariée. Mais une somme tout de même, et qu'il promet de continuer à verser sa vie durant à la veuve et à ses enfants, au cas où son neveu mourrait avant lui.

Les notaires ont fini leur lecture. « Tout étant convenu et accordé, les parties signent l'acte », puis se dirigent vers la grande salle de réception pour se rafraîchir. Les invités à la collation arrivent en foule. Mme de Coulanges les accueille de manière affable. Son époux se force à paraître poli. Intérieurement il fulmine.

Pas un Rabutin décidément n'est venu. Pas un ne s'est fait représenter par une procuration. Le financier n'est pas près de l'oublier. Il lui faudra boire beaucoup de vin pour avaler son humiliation.

8.

Noces à la campagne

Montaleau est en fête.

Depuis le matin, une file ininterrompue de carrosses a envahi le village de Sucy-en-Brie. A midi, les cloches de l'église sonnent à toute volée. Sous un ciel dégagé, sans presque aucun nuage, une foule de badauds attend la sortie de la mariée.

Elle apparaît, mince et radieuse, au bras de son jeune époux. A première vue, on dirait une mariée de village, avec ses blonds cheveux dénoués, simplement tenus par une couronne de roses blanches, ses bras couverts de manches plates, sa robe souple, sans aucun vertugadin. Mais on s'aperçoit vite que sa jupe de dessus est faite d'une dentelle en point de France, celle de dessous d'un satin blanc et brillant, non de toile, que ses chaussures sont d'adorables escarpins du même satin et qu'une double chaîne de perles, à laquelle pend en son centre une énorme perle, borde son corsage d'une épaule à l'autre.

Un accompagnement harmonieux au collier des fiançailles, a estimé son père. Une manière habile pour le financier d'étaler ses richesses, a pensé Lisa. Il compense... A défaut d'étaler des Rabutin !

Philippe de Coulanges a bien fait les choses. Pour ses invités mais aussi pour les gens de Sucy-en-Brie et les paysans du coin.

On n'a pas encore fait les foins, c'est une aubaine. Les granges sont libres. Dans l'une d'elles, trois fontaines à vin coulent à flots. A côté, des pots d'étain remplis d'eau de cerise – la préférée de Louis XIII –, des paniers d'osier pleins de biscuits dorés, et trois énormes marmites de terre cuite qui regorgent de petits pains fourrés de bœuf fumé. Pilois, le jardinier en chef du domaine, veille à tout, à la distribution des vivres comme au bon déroulement des jeux de quilles et de boules, qui vont occuper les villageois repus tout l'après-midi.

A l'intérieur du château, pareille abondance mais plus de raffinement. La collation est sur le modèle de celles qu'on offre à Fontainebleau. Fruits rares, rôtis de gibier, beignets, dragées, massepains et crèmes en petits pots. Aux vins d'Ile-de-France servis dans les granges, Coulanges a préféré, pour ses hôtes de marque, un vin de la province de Champagne, et du Clos-Vougeot transporté directement de Bourgogne. Ce n'est pas tous les jours que le financier marie sa fille à un descendant des Croisés !

Jean de Toiras n'en peut plus. Invité par Celse-Bénigne, il est venu à ses noces. En principe pour le complimenter, se réjouir de son bonheur. Il s'en découvre incapable. Depuis que la jolie musicienne lui est apparue Place Royale, l'envie de la posséder ne le quitte plus. Il ne comprend pas ce qui lui arrive. Sa vie réglée de gentilhomme bien en cour, prisé de son roi, lui paraît étriquée. Ses liaisons éphémères avec de jeunes écervelées qui n'attendent de lui qu'un peu d'argent – et surtout pas d'engagement éternel – lui semblent vaines.

Il s'est trompé. Il aurait dû choisir une femme, la prendre et la garder pour toujours. Au lieu de gaspiller son temps en des amusettes, et finir à trente-huit ans par tomber amoureux de la fiancée de son meilleur ami. Ces temps-ci, il n'a trouvé un peu de répit à ses regrets et à ses désirs qu'en courant les bois et en chassant.

Mais à Montaleau, la joie ambiante blesse son humeur chagrine. Ici où tout lui rappelle le bonheur qu'il n'aura jamais, il souffre atrocement. Il fuit les mariés. Il ne sait que dire à leurs amis communs, à Boutteville par exemple.

Frais et gaillard, celui-ci est entouré des petits frères de Marie qui ne se lassent pas d'admirer son équipement, de toucher la garde de son épée, incrustée de pierres précieuses, d'écouter le récit de quelque duel horriblement tragique. Philippe, le frère aîné, écoute aussi. Mais il a remarqué surtout l'aisance de Boutteville à virevolter autour des dames, à leur conter fleurette. Comme il l'envie !

Toiras en est écœuré. S'il sort du château, il se heurte à des files de paysans hilares, qui ont bien bu, bien mangé et ne songent qu'à aller forniquer la nuit venue, il se heurte à des cris d'enfants heureux qui sautent dans tous les sens et investissent les allées du parc.

Même l'archevêque qui a présidé la bénédiction nuptiale, et qui flâne dans le jardin, l'horripile. Quel besoin a-t-il de venir à sa rencontre et de lui parler de son amitié pour Chantal :

— Une amitié bienfaisante, en vérité ! dit Frémyot en dodelinant de la tête. Vous lui rendez tant de services...

Et quel besoin, en plus, de souligner son âge :

— Vous êtes plus vieux que mon neveu, je le sais, et vous êtes pour lui, je l'ai compris, un aîné plein de sagesse.

Pourquoi me jeter notre écart d'âge à la tête ? maugrée Jean intérieurement ? Qu'est-ce que dix ans de différence ? N'ai-je pas autant de force, de vigueur, de séduction, que son joli neveu ? Et que sait-il de ma sagesse ? Parce qu'il est homme d'Eglise, il s'imagine tout comprendre. Mais il ignore le fond de mon cœur. Il ne se doute pas du désir fou qui me dévore pour Marie. Je l'enverrais volontiers aux orties, son Celse-Bénigne, si cela me permettait d'épouser ma belle musicienne...

Comme pour achever le malheureux Toiras, l'archevêque conclut, doucereux :

— Vous me semblez un peu mélancolique, mon cher. Allons, ce n'est pas parce qu'il épouse cette délicieuse Marie que vous perdrez votre ami. Et puis, allez-y vous aussi, mariez-vous. Il ne faut plus tarder. Vous avez l'âge !

Le soir tombe. On attend le clou de la soirée, la folie du financier. Un feu d'artifice !

L'année passée, pour faire plaisir à ses enfants, il les avait emmenés en voir un au fin fond de la rue de Vaugirard. Mme de Coulanges n'y avait rien trouvé à redire : il était organisé par les carmes déchaussés pour célébrer la canonisation de sainte Thérèse d'Avila. La reine avait fourni à la dépense, parce que sainte Thérèse était d'Espagne comme elle. Les critiques étaient allées bon train :

— C'est plutôt canonner la sainte que la canoniser, ricanait-on.

Les accidents n'avaient pas manqué non plus. La technique des artificiers s'était perfectionnée depuis que Jumeau avait, le premier, présenté en 1618 au jeune Louis XIII un livre intitulé *Le Feu royal*. Pourtant nombre de brûlures importantes avaient été à déplorer parmi la foule incroyable qui regardait debout les énormes boîtes entassées les unes sur les autres, d'où sortaient des éclairs de feu.

Toujours curieux de nouveautés, Coulanges avait été comme ses enfants enchanté du spectacle. Alors il a prévu, pour ce soir de fête, de donner lui aussi un feu d'artifice. Il a pris ses précautions. On le tirera dans un lieu dégagé, pour ne pas brûler les champs de blé, et suffisamment loin des spectateurs.

Il a engagé les meilleurs artificiers, avec à leur tête le fameux Morel. Ce n'est pas en vain. La réussite est totale. Quand s'élèvent dans le ciel sombre les premiers jets de lumière, des exclamations émerveillées courent parmi les assistants. Marie tourne vers son père un visage ravi.

Celse-Bénigne feint de hocher la tête en connaisseur. Tout en faisant mine d'admirer l'exploit de son beau-père, il pense : « Que d'argent parti en fumée ! Il aurait été mieux employé à payer mes dettes... », mais il a le bon goût de ne rien dire. Galant, il baise la main délicate de sa jeune femme.

Cependant Toiras profite de l'enthousiasme des invités et de la nuit pour se faufiler jusqu'à la grille dorée de Montaleau. Cettte journée l'a tué. A trente-huit ans, il se sent vieux, solitaire, étranger à toute fête. Au loin il entend les violons succéder en douceur aux grondements du feu d'artifice. Le bal pour finir !

Il retrouve son cheval et décide de partir sans saluer personne. Les Coulanges ne songent sûrement pas à lui, et d'ailleurs peu lui importe d'être jugé par eux comme un goujat. Les jeunes époux n'ont aucun besoin de ses compliments. Il connaît Celse-Bénigne, sa fougue, sa gaieté, l'ardeur de ses vingt-huit ans. Dans ce cadre enchanteur, après tant de merveilles et de plaisirs incessants, il saura procurer à la belle Marie une inoubliable nuit de noces.

Jean le sait. Rien que d'y penser, il en a le cœur brisé.

Les violons se sont tus. Le bal est fini. En carrosse, en char à bancs, à cheval ou à pied, chacun s'est retiré chez soi. La lune, en son premier quartier, joue à cache-cache avec les nuages, de plus en plus nombreux. Le financier a eu de la chance. La pluie n'a pas gâché son feu d'artifice. Maintenant on devine que les premières gouttes ne sont pas loin. Mais les mariés s'en moquent. La nuit désormais leur appartient.

Dans la vaste antichambre, sa mère, sa sœur Henriette, Lisa, Nanon, trois autres caméristes recrutées à Sucy s'empressent auprès de Marie, puis l'accompagnent dans la chambre nuptiale, la pièce raffinée que Mme de Coulanges a fait tendre récemment de damas d'un vert très pâle. A la lueur éclatante des trois grosses chandelles fixées aux murs dans leurs appliques dorées, elles sortent d'un coffre ancien en bois sombre et ciré la chemise de linon ornée de dentelles, assortie à la courtepointe du lit et aux oreillers.

Pleines d'admiration devant la délicieuse mariée, elles s'affairent, lui retirent ses bijoux, les disposent dans une boîte d'ébène doublée de velours vert sombre, la déshabillent, lui enfilent sa tenue de nuit, la mettent au lit, sourient, chuchotent, la regardent intensément, émues, satisfaites, un peu envieuses peut-être... et puis s'en vont. L'une après l'autre, les femmes de chambres d'abord, Henriette et Lisa, Mme de Coulanges enfin.

Marie la regarde partir, la tête très droite, comme toujours maîtresse d'elle-même, sans un mot de plus, sans un baiser. Elle connaît sa mère, elle sait qu'elle refuse toute sensiblerie inutile. Mais tout de même, ce soir !... Tant pis ! Celse-Bénigne va venir. Lui seul compte pour Marie. Ce soir, et les autres soirs, et les autres jours, sa vie entière, elle en est sûre.

Ils sont logés au premier, sur l'arrière du château. Sous leurs fenêtres, aux volets grands ouverts sur le parc, une fontaine se déverse doucement dans un bassin circulaire. La bouche du dauphin qui la décore laisse couler sans arrêt un mince filet d'eau. C'est ce bruit qu'entend Marie, restée seule dans la pièce. Elle l'écoute. Il l'apaise après l'agitation de la fête. Il accompagne son bonheur de l'attente.

Celle-ci ne dure pas longtemps. Celse-Bénigne frappe à la porte et entre vivement, les mains tendues, séduisant. Enfin, le voici, son jeune homme de la gloriette ! En quelques minutes, il éteint deux des chandelles, arrache bottes et pourpoint, et à peine dévêtu, se jette dans le lit de Marie en l'attirant vers lui. Confiante, elle se blottit dans ses bras. Puis, sans esquisser un geste, légèrement haletante, elle attend ce qui va lui arriver.

Au début, c'est comme dans l'image de *L'Astrée*. Rien ne bouge. La main de l'amant repose, immobile, sur la cuisse de sa maîtresse. Elle revoit parfaitement les détails de la gravure découverte en cachette, le visage empressé de l'homme, l'air extasié de la femme.

Brusquement, tout change. Celse-Bénigne déplace sa main, caresse doucement Marie, son dos, ses seins, ses bras, ses joues, et la touche au plus intime d'elle-même. Elle frissonne de plaisir. Elle oublie les amants de *l'Astrée*. Il s'étend sur elle. Elle n'est pas étonnée. Lisa lui a appris que la femme pendant l'acte conjugal doit rester étendue sous son mari. Pas seulement pour que la semence de l'homme se glisse plus facilement en elle, mais pour bien marquer, dans ce rapport même, la subordination de la femme.

Très vite, Marie oublie les explications de Lisa. Elle ne sent plus que son mari qui la perce rudement. Elle a mal, elle veut se débattre. Mais il l'emporte bientôt dans un galop effréné. Etourdie, comblée, serrée dans son étreinte vigoureuse, elle se laisse faire. Il crie, semble-t-il. Alors elle ose crier elle aussi, étonnée, ravie. Jusqu'à ce qu'il s'écroule sur son épaule, vibrant, suant, satisfait.

Maintenant Celse-Bénigne dort, étendu en travers du lit. La chambre est silencieuse. Seul le bruit de la fontaine l'emplit de sa frêle musique. Marie l'écoute à nouveau. Mais elle n'est plus la même que tout à l'heure. Elle se sent collante, déchirée, brûlante. Elle est heureuse.

C'était il y a deux mois à peine. Sa mère lui avait annoncé son mariage. Elle ne dormait pas, dévorée de la peur de rencontrer la baronne de Chantal... Comme elle était craintive et sotte !

Cette nuit, elle ne dort pas non plus, mais elle se répète avec joie qu'elle est la femme d'un Celse-Bénigne amoureux et beau, et qu'elle n'a même pas eu besoin de voir la fameuse belle-mère. On s'est bien passé d'elle, en vérité, et des autres Rabutin.

A Paris comme à Montaleau, tout a été magnifique. Son père y a été pour beaucoup. Elle lui en est reconnaissante. Et puis, grâce à lui, elle ne quittera pas la maison familière de la Place Royale. Elle y demeurera avec son jeune époux. Sans doute y mettra-t-elle au monde les enfants qui leur naîtront. Une expérience nouvelle, magnifique !

Le jour va se lever bientôt.

Que de plaisirs elle en attend encore, en compagnie de Celse-Bénigne ! Elle sait qu'ils n'auront pas en se levant à subir les méchantes plaisanteries que l'on réserve d'ordinaire aux jeunes mariés.

Lisa, qui a décidément beaucoup parlé à Marie ces derniers temps, le lui a expliqué aussi :

— Quand vous sortirez de votre chambre, le lendemain de vos noces, il n'y aura point de sottes questions : « Etes-vous mon gendre ? Etes-vous la femme de votre époux ? Allez-vous boire de la chicorée pour vous revigorer, de la bourrache pour soutenir votre cœur ? » Point non plus de visites incongrues des voisins, de sous-entendus grivois. Votre père juge ces coutumes grossières, ma douce. Elles ne seront pas de mise chez lui. Vous irez librement par la maison, sans embarras, avec votre époux, mangeant et buvant ce que vous voudrez. Je trouve cela la plus honnête chose du monde, avait conclu Lisa.

Moi aussi, pense Marie. Et elle s'apprête à sombrer dans le sommeil.

De toutes parts, elle se sent baignée d'amour. Elle voudrait que chacun soit heureux autour d'elle. Elle bâille.

Au fait, elle y pense, Jean de Toiras, l'ami préféré de Celse-Bénigne, lui a semblé bien triste au sortir de l'église. Pourquoi ? Et pourquoi n'est-il pas venu la gratifier à Montaleau de son salut si charmant ?

9.

« Glissons sur ces pensées ! »

Ils n'en finissent pas d'évoquer l'insécurité dans Paris. Marie s'ennuie un peu.

— Les rues ne sont pas éclairées, pérore son père. Les habitants n'observent pas les ordonnances de police qui leur enjoignent de poser des chandelles ou des veilleuses sur le rebord des fenêtres. Cela leur coûterait trop cher ! Les carrosses peuvent être facilement coincés dans les rues étroites et sombres, leurs passagers détroussés par les milliers de brigands qui pullulent dans la capitale.

Son époux parle à son tour :

— Et ces brigands portent à sa perfection leur art du vol. De jour comme de nuit d'ailleurs. On n'imagine pas ! Ils se fabriquent des mains artificielles pour couper les bourses qui pendent à la ceinture des gens. Ou bien ils prennent des habits de gentilhomme, l'épée au côté, et vont dans les maisons riches demander à voir le maître du logis. Quand celui-ci paraît, sans méfiance, ils lui glissent prestement dans la bouche une « poire d'angoisse », c'est-à-dire une boule en fer qu'ils ouvrent au moyen d'un ressort. Elle empêche le malheureux de parler et de crier.

Marie fait mine d'écouter Celse-Bénigne avec attention.

En réalité elle fixe ses jolis yeux. Vont-ils enfin se poser sur elle ?

Non. C'est son beau-père qu'il regarde.

— Et l'on ne compte plus, dit celui-ci, les ruses des mendiants. Ils se déguisent pour apitoyer et mieux détrousser les passants. Il y a les coquillards qui font mine de revenir, exténués et sans le sou, d'un pèlerinage à Saint-Jacques, les sabouleux qui sucent du savon pour cracher de la bave comme les épileptiques, les hubins qui prétendent avoir été mordus par un chien enragé, les faux ermites.

— Sans parler des récidivistes, les essorillés, à qui par punition on a coupé les oreilles et qui s'en collent de postiches, superbes, complète Celse-Bénigne.

A quel jeu joue-t-il ? se demande Marie. Mais quand il a évoqué les oreilles postiches, elle a surpris un éclair de malice dans ses yeux. Parbleu, se dit-elle, j'ai compris, il cherche à séduire mon père. L'insécurité de la ville, n'est-ce pas un de ses sujets favoris ?

— La garde bourgeoise ne fait pas de service nocturne, continue le financier. Quant aux archers du chevalier du guet et aux sergents du Châtelet, ils ne sont pas assez nombreux pour assurer la sécurité publique, et trop mal payés pour pouvoir vivre de leurs gages.

— De toute façon les condamnations sont sans effet, enchaîne Celse-Bénigne. On ne les applique pas. Les procureurs s'en plaignent assez. Et les juges sont accusés de partager le butin avec les voleurs. Ils se sont tellement endettés pour acheter leur charge..., ricane le jeune homme.

Marie ne s'ennuie plus. Elle s'amuse à suivre la conversation des deux hommes, et guette le moment où son époux ne pourra plus garder son sérieux.

— Encore heureux, continue-t-il pour exciter la verve de son beau-père, que nous n'habitions pas près d'une Cour des miracles, ces repaires de gueux et de mendiants de profession. Une cour, ah, oui ! la cour du royaume qu'ils appellent argotique, sur laquelle règne leur chef, le Grand Coësre, entouré de ses dignitaires, les archisuppôts, en fait des écoliers débauchés.

— La honte de Paris, hélas ! Une pauvreté, une puanteur, une saleté, une violence incroyables. Avec leurs femmes, les « Marquises », ces gueux passent leur temps à voler, à tuer, ou à faire des orgies nocturnes infernales. La police n'ose pas s'aventurer dans leur retranchement. Il le faudrait pourtant, affirme Coulanges. Et prendre des mesures d'assainissement, réduire cette misère, mais personne ne l'ose non plus.

— Aussi, ma belle, conclut Celse-Bénigne en se tournant vers sa femme, si nous voulons sortir le soir pour aller voir un ballet à la cour, je vous prendrai en croupe sur mon cheval.

Marie est ravie. Bien à l'abri, préservée des boues de la capitale et des entreprises des voleurs, elle se voit déjà s'agrippant de toute la force de ses bras mignons à son beau cavalier.

— Mais, dit-elle, je croyais que le roi n'aimait pas le monde, les assemblées.

— Les assemblées, non. Mais les ballets, oui. Il en compose lui-même. Je vous en reparlerai. Donc nous irons à cheval. Du Verger nous suivra portant la mallette qui contiendra nos accessoires de toilette et nos chaussures de bal. En cas d'attaque il me prêtera main-forte. Et deux hommes nous escorteront.

— Tant que cela ! s'exclame Marie.

— Pour sûr, mon innocente.

— Evidemment, approuve son père.

Le soleil de juin se couche paresseusement derrière les pavillons de la Place Royale.

Marie soupire. Chantal regarde sa jolie femme. Qu'elle

est fraîche et nette dans son déshabillé de linon blanc ! Il ne faut pas la troubler en s'attardant sur ces horreurs. Assez...

Il tourne le dos à Coulanges.

— Allons, dit-il en reprenant son sourire éclatant, glissons sur ces pensées, Marie ! Soyons heureux.

Heureux, ils le sont. Ardents au lit, profitant de la richesse des Coulanges, installés comme coqs en pâte au deuxième étage de l'hôtel, au-dessus de la grande salle de réception, dans une chambre tout aussi vaste, à quatre fenêtres donnant sur la Place. Un changement pour Marie. Jusqu'ici sa chambre de jeune fille s'ouvrait sur la rue Royale. Maintenant elle a en vis-à-vis le pavillon de la Reine, et au premier plan les pelouses de la Place. Elle adore cette perspective, ce calme. Celse-Bénige semble l'apprécier aussi.

Peu après les noces, il décide d'écrire sa satisfaction à sa mère. En véritable homme d'épée, il ne possède pas d'écritoire. Marie lui prête la sienne, en cuivre, que son frère Christophe lui a offerte pour son mariage.

— Vous penserez à moi, lui avait dit le jeune homme dans son langage volontiers recherché, si vous avez un jour besoin de parler en absence à quelqu'un qui vous est cher, et se trouve loin de vous.

Elle en avait été touchée. Elle ne s'attendait pas à tant de délicatesse de la part de ce garçon bourru et confit en dévotion.

Pendant que son époux écrit, elle s'arrange pour lire pardessus son épaule ce qu'il confie à sa fameuse belle-mère.

> « J'admire la conduite de Dieu sur nous. Quand vous seriez demeurée au monde, ma mère, selon mes souhaits, que vous auriez pris tous les soins nécessaires à mon avancement, vous n'auriez pas pu me loger mieux que je suis. »

« Loger » ? la jeune femme fait la grimace. Le terme ne lui plaît guère. Celse-Bénigne l'a-t-il épousée seulement pour habiter l'élégante Place Royale ? Ce n'est pas possible. Il l'aime vraiment, non ?

Il continue d'écrire, elle de lire. Comme elle s'est sottement affolée ! La fin de la phrase la rassure : « ...loger mieux que je suis, Dieu m'ayant donné en mon mariage tous les avantages souhaitables à ceux de ma condition, de mon âge et de mon humeur. »

Ouf ! tout y est. Marie saute au cou de son jeune mari. Et puis elle éclate de rire : sous la plume de Celse-Bénigne, Dieu a pris la place du bon archevêque Frémyot qui s'est tant démené pour leur mariage...

Coulanges de son côté est satisfait de cette union qui comble sa vanité. Quant à sa pieuse femme elle écrit plusieurs fois à Jeanne de Chantal combien le partage des tâches, dans l'union de leurs enfants, lui convient : aux Coulanges le soin du temporel en ce qui concerne son cher fils. A la fondatrice de la Visitation le soin de prier pour les jeunes époux et le bonheur de toute leur famille.

La religieuse ne peut que se réjouir de ce partage et répondre : « Sainte alliance ! »

La famille s'installe à Montaleau et compte y rester jusqu'en octobre. Marie s'aperçoit fin août qu'elle est enceinte. Les choses n'ont pas traîné. Rien d'étonnant... Ce n'est pas sa mère, avec ses treize grossesses, ni sa visitandine de belle-mère, qui ont pu lui donner le moindre conseil sur l'usage des restringents ou des astringents. Elles ignorent l'eau des savonniers, faite de lessive de potasse ou de soude, les fioles d'« eau bleue » à base de spermicide, les innombrables recettes de plantes abortives et les décoctions de racines qui tarissent le sang de la matrice, les éponges imbibées d'alun, toutes médications connues des prostituées et des « malheureuses débauchées », comme on les appelle.

La jeune femme n'est pas fâchée de son état. Une baronne de Rabutin-Chantal se doit de mettre au monde les héritiers mâles dont sa race puisse s'enorgueillir. Elle vient d'avoir vingt ans. Il n'est pas trop tôt pour commencer. Dans sa joie elle le dit aussitôt à Celse-Bénigne. Il en est content et elle, contente de son contentement.

Ses prévenances pourtant agacent parfois la jeune femme. Sous prétexte de ménager sa santé et l'enfant qu'elle porte, il la laisse désormais souvent à la campagne avec ses parents, tandis que lui se rend à Paris ou à Saint-Germain. A-t-il vraiment besoin d'être auprès du roi, comme il le prétend ? Le semestre où il était de service ne s'est-il pas achevé ? Pourquoi ne l'emmène-t-il pas quelquefois avec lui ? A Paris, il lui avait parlé de sortie nocturne en croupe derrière lui, de bal... L'a-t-il oublié ?

Les jeunes femmes de son monde n'interrompent pas leurs occupations ni leurs promenades à cheval lorsqu'elles sont enceintes. Encore moins les princesses, toujours soumises à des obligations de représentation, ni les paysannes ni les domestiques forcées de travailler sans relâche. Elle se sentirait parfaitement capable de chevaucher jusqu'à Fontainebleau, où le roi, en cette saison, se consacre avec ferveur à sa passion de la chasse.

Elle le dit à Lisa, devenue officiellement sa dame de compagnie, et plus que jamais sa confidente. Mais Lisa au contraire se réjouit qu'elle demeure au repos, choyée et bien à l'aise dans le cadre charmant de Montaleau. Elle l'incite à y rester. C'est que Lisa voit quotidiennement, au château ou Place Royale, de malheureuses servantes enceintes porter des brocs d'eau, de lourds paquets, gravir sans cesse des escaliers, accourir dès que leurs maîtres les appellent, bref mener une vie pénible. Et elle aime trop Marie – plus encore si c'est possible depuis qu'elle attend un enfant – pour supporter qu'elle soit exposée à la moindre fatigue.

Alors quand Celse-Bénigne s'absente, Marie tourne en rond dans le domaine. Les tournesols, les pivoines et les roses tardives resplendissent des couleurs de l'été. Elle les ignore. Morose, elle ne regarde que la glycine de la gloriette qui a perdu ses grappes naguère triomphantes.

De ce qu'il fait hors de Montaleau, son époux ne lui parle jamais. Elle sait qu'il doit être en faveur auprès du roi, puisqu'elle l'a vu mettre en lieu sûr dans leur chambre un parchemin signé de Louis. Curieuse comme toujours, elle l'a lu. Il fait état d'un don important à Chantal – à peu près un tiers de sa dot à elle – fait par le roi peu avant leur mariage, pris « sur les deniers extraordinaires de l'épargne de Sa Majesté ».

Cela n'a pas étonné Marie. Sa mère ne répète-t-elle pas à tous vents qu'il est enviable – et utile –, ajoute-t-elle en baissant la voix, d'être, à la cour du roi Très Chrétien, le fils unique de la fondatrice de la Visitation, cette femme pieuse qui a sacrifié sa vie et sa famille à Dieu, qu'encensent tous ceux qui ont à cœur le triomphe de la religion catholique sur la religion réformée, et qu'admire le parti dévot, en passe de devenir si puissant dans le royaume.

Quant à ses duels, Celse-Bénigne ne les évoque jamais. La jeune femme ne les connaît que par la conversation qu'elle a surprise Place Royale, peu après ses noces, entre Du Verger, deux de ses laquais à elle, Pignaudet et Grelay, et son cocher. Les bavards attendaient la jeune baronne près de son nouveau carrosse – doublure de velours violet chamarrée de passements de soie dorée, garni de huit rideaux de damas crème : « Encore un cadeau de son richard de père ! », s'étaient-ils exclamés. Mais elle, inquiète de l'absence de Lisa, prise d'un malaise subit et peu habituée à se promener seule, était montée par habitude dans le carrosse de sa mère, rangé à deux pas du sien.

Le nom de son époux avait attiré son attention, elle était restée dans la voiture à tendre l'oreille aux paroles de Du Verger, et elle l'avait entendu vanter aux autres le courage et l'habileté de son maître à l'épée, raconter quelques-uns de ses exploits. Elle n'avait pas osé raconter la scène à Celse-Bénigne, ni lui demander s'il ferraillait toujours.

Parfois, elle a peur quand il n'est pas avec elle. Où est-il ? En sécurité auprès du roi ? En danger dans quelque duel interdit ? ou bien, et ce serait affreux, joue-t-il, fréquente-t-il les cabarets, pire, les maisons infâmes ? Elle voudrait scruter son visage quand il rentre pour tâcher de découvrir ce qu'il a fait. Mais cela lui paraît indigne d'elle. Son bel inconnu de la gloriette, il l'a conquise en un regard. Pourquoi, maintenant qu'elle lui appartient, qu'il la comble de plaisir, pourquoi se défier de lui, chercher à découvrir ce qu'il ne souhaite pas révéler ?

Quand l'été finit et que la famille se réinstalle Place Royale, Marie s'inquiète moins. Le rythme paisible de la maison la reprend et l'apaise.

Le temps passe. Elle s'arrondit de jour en jour. On renouvelle sa garde-robe.

Lisa la force à l'inactivité. C'est à peine si elle touche son luth. Il faut dire qu'il appuie sur son gros ventre, l'empêchant de respirer. Tout juste si elle chante d'une voix étouffée quelque berceuse mélancolique...

Même les bavardages avec Henriette la fatiguent, sans parler des visites bruyantes et des rires de ses petits frères. Elle s'enfonce peu à peu dans la béatitude paresseuse des femmes enceintes oisives. Quelquefois en regardant son tour de taille, maintenant imposant, elle se pose la question. Pourrait-elle se hisser derrière son beau cavalier s'il lui proposait – enfin ! – de l'emmener à cheval au Louvre ?

Mais se poser la question la fatigue encore. D'ailleurs il ne le lui demande pas. Cela pourrait nuire à leur enfant. Et son premier devoir est de veiller sur lui. Alors elle se love parmi les coussins moelleux de son lit de repos, grignote les biscuits, les dragées et les citrons confits que l'on a disposés près d'elle, et glisse dans la torpeur avec soulagement.

Un jour de février, elle sent son enfant bouger plus que de coutume. Elle sait que ce ne sont pas des choses dont on parle. N'empêche. Il faut absolument qu'elle fasse partager cette merveilleuse sensation à son époux ce soir, quand il rentrera. Qu'il se rende compte qu'il y a un enfant, un fils, Marie en est sûre, là, sous la chair tiède – et distendue – de la femme qu'il aime.

Du coup, la voici excitée. Elle sort de sa léthargie. Vite ! Que Celse-Bénigne arrive ! Elle fait les cent pas dans sa chambre, allant de la porte aux fenêtres. Il y a des jours qu'elle n'a tant marché...

— Lisa, quelle heure est-il ? demande-t-elle à chaque instant.

L'après-midi se termine. L'heure du dîner arrive. Elle n'en peut plus d'impatience. Elle, maintenant si vorace, refuse de descendre s'asseoir à la table familiale. Elle n'a pas faim.

Il fait froid ce soir. Elle met sur sa chemise de nuit un grand châle de velours blanc et s'assoit près de la cheminée de sa chambre. Les domestiques sont venus plusieurs fois alimenter le feu. Une braise épaisse et rougeoyante réchauffera la pièce jusqu'au matin. A minuit, excédée des regards compatissants de Lisa et de son attention inquiète, elle la renvoie dans sa chambrette voisine.

Le retard de Celse-Bénigne la bouleverse. Jamais il ne rentre si tard. Que fait-il donc ? Elle n'a qu'une idée en tête :

qu'il vienne, vite, pour sentir son enfant bouger dans son ventre ! Il semble à Marie que sa vie en dépend. A bout d'énervement, elle s'allonge enfin dans son lit et s'endort brusquement, recrue de fatigue.

Des cris horribles et répétés la réveillent. Au secours ! Au feu !

10.

Un incendie chez les Pontmain

Au feu ! Que se passe-t-il donc ?

Marie tâte de la main la place de son époux dans son lit. Il n'est pas là. Le désespoir la prend. Elle se lève aussi vite que son embonpoint le lui permet, s'approche de la cheminée pour lire à la lueur des braises l'heure à sa montre. Quatre heures après minuit... Derrière les fenêtres de la chambre, elle aperçoit une grande clarté. En tremblant elle ouvre les rideaux. L'horreur ! En face, sur la gauche du pavillon de la Reine, un peu en arrière de la Place, elle voit de grandes flammes monter dans le ciel. Un incendie ! Elle se tourne, désespérée, vers le lit vide. Elle se sent perdue, seule.

Mais non, voici Lisa qui acccourt près d'elle.

— N'ayez crainte, ma douce ! s'écrie-t-elle en lui prenant la main. C'est un incendie chez les Pontmain. Votre père vient de me le certifier. Nous ne risquons rien. Leur hôtel est loin du nôtre. Rue des Minimes, derrière les maisons de la Place. Même si le feu se propageait là aussi, la Place par bonheur nous en séparerait.

Cependant des hurlements, dehors, interrompent Lisa. Les deux femmes entendent des bruits épouvantables, assurément des poutres, des solives qui tombent. En dessous d'elles, sur les pelouses, elles distinguent des gens affolés courant en tous sens, les uns pour fuir l'incendie, les autres pour porter secours.

Elles voient passer une file de capucins. Les braves Pères ont quitté leur couvent et se hâtent vers le lieu du sinistre. A force de lutter contre les incendies si fréquents dans Paris, ils sont devenus habiles à les éteindre. Leur réputation est établie. On les appelle volontiers à l'aide.

— Regardez, Marie, les uns portent des échelles, d'autres des seaux d'osier doublés de cuir, d'autres encore d'énormes seringues remplies d'eau ou des haches pour couper les bois incandescents.

— Oui, marmonne la jeune femme.

— Hélas, continue Lisa, comme ils sont empêtrés dans leurs épaisses robes de bure. Ils tâchent de les soulever pour mieux courir... Quel courage ils ont !

Mais Marie ne répond pas. Rien ne l'intéresse que son désespoir. Pourquoi Celse-Bénigne n'est-il pas auprès d'elle, pourquoi, en pleine nuit, n'est-il pas dans sa chambre ?

Lisa comprend l'inquiétude de la jeune femme et, sans un mot, entoure ses épaules d'un bras maternel.

Cependant, les capucins, assistés de quelques carmes, viennent peu à peu à bout de l'incendie. La petite pluie fine et glacée qui s'est mise à tomber les aide grandement. Le Ciel est avec eux ! Des fenêtres de l'hôtel de Coulanges, on ne voit plus de flammes. On devine seulement une épaisse fumée noire dont on sent l'odeur âcre.

Nanon a rejoint la jeune baronne et Lisa pour leur répéter les dernières nouvelles, comme le lui a recommandé son maître :

— Pour lutter contre le froid, des mendiants errants, dit-on, ont allumé un feu près de l'écurie des Pontmain. Rapidement les flammes se sont propagées dans la paille de la cour et des écuries. Une jument grise a été brûlée. Mais le bâtiment central n'a pas subi de dégâts importants. Les Pontmain ont eu de la chance...

Soudain Nanon se tait. Pourquoi sa jeune maîtresse fait-elle cette tête d'enterrement ? Pourquoi sa figure est-elle si blanche ? L'incendie est fini. Il n'y a plus de danger.

— Pardieu, on dirait qu'elle va passer, la pauvrette...

— Ce n'est rien, Nanon, affirme Lisa d'un ton rassurant. C'est la surprise, la peur. Dans son état, vous comprenez ...

Il fréquentait les bordels et les tripots. Il a découvert les baigneurs. Des gens qui reçoivent dans des maisons cossues et feutrées les gentilshommes avides de plaisirs. Chez les baigneurs, on se baigne, évidemment, on dispose de perruquiers, de barbiers, de tables de jeu même, on peut s'y sécher et s'y reposer dans des chambres douillettes, massés et caressés par d'accortes demoiselles. Le baigneur, c'est le fin du fin. C'est aussi plus onéreux. Mais Celse-Bénigne a de l'argent. Il pioche à son gré dans la gratification du roi. Son entretien, son logement et ceux de sa femme sont assurés grassement par le riche Coulanges. Le jeune homme a donc repris ses habitudes de célibataire. Avec une aisance financière beaucoup plus grande.

Il faut dire que cet été il en avait assez de Montaleau. La campagne un peu, oui. Mais à la longue... Et puis, la vie avec les beaux-parents, quel supplice ! Il s'est évadé du domaine autant qu'il l'a pu. Et à Paris, cet hiver, il a continué, il est parti souvent de l'opulente mais austère maison de la place Royale.

C'est la première fois néanmoins qu'il passe la nuit entière hors de la chambre conjugale. Ses amis, Chalais, en particulier, et Boutteville l'ont retenu. Il s'est laissé faire. Marie, uniquement préoccupée de sa grossesse, ne se sera aperçue de rien. A six heures, il arrive chez lui, ... enfin chez son beau-père.

Surprise.

A la porte de la rue Royale, Lisa le guette, lui dit brièvement ce qui s'est passé : un incendie chez des voisins, le malaise de sa jeune femme que la peur sans doute a commotionnée. Elle l'installe directement et discrètement en haut de la maison, dans une chambre exiguë.

Le même jour, sous prétexte de la santé fragile de Marie, la famille décide qu'il y restera jusqu'à la naissance de son enfant.

Trois semaines plus tôt, à l'occasion de la nouvelle année, une lettre de Jeanne de Chantal était arrivée place Royale, destinée à Mme de Coulanges.

Rien pour sa belle-fille dont elle sait pourtant la grossesse. La sainte femme a d'autres lettres à écrire, plus importantes...

A coup sûr, la religieuse soupçonne les écarts de conduite de son fils – il lui en a tant fait voir ! – et, à tout hasard, tâche de l'excuser, comme elle le ferait pour un enfant indocile.

> « Dieu lui fasse la grâce, écrit-elle à Mme de Coulanges, de vous donner entier contentement et vous rendre tous ses devoirs selon que je le souhaite, et qu'il y est certes étroitement obligé. » « Obligé ! » La baronne n'oublie pas la dot, et le train de vie princier offert à Celse-Bénigne ! « J'espère de la bonté de Notre-Seigneur, poursuit Jeanne de Chantal, qu'à mesure que l'âge lui croîtra, il augmentera votre consolation en lui. » On peut toujours espérer...

Quant à Marie, la belle-mère ne s'appesantit pas sur son sort. A demi-mots, elle reconnaît qu'elle ne s'est point donné la peine de venir la voir, mais assure « qu'elle lui est chère », qu'elle prie pour elle et souhaite que Dieu « lui donne un heureux accouchement ». Peut-on faire plus banal ? Pour une personne dont on vante partout le talent épistolaire... Heureusement que Mme de Coulanges n'a pas fait lire la lettre à sa fille.

Voilà qui tombe mal pour Marie. A trois mois de ses couches, les ballets à la cour, en ce mois de février, se multiplient. Normal avant le carême. Et Chantal est forcé d'y assister. Tout le monde le sait. Il est de service ce semestre. Charge de gentilhomme ordinaire du roi oblige.

Depuis la nuit de l'incendie, Marie en veut à Celse-Bénigne. Ils n'en ont pas parlé, ni de son absence cette nuit-là, ni de la quarantaine que les Coulanges lui ont de fait imposée. Personne d'ailleurs n'a parlé de rien. Mais, par moments, sa peur de l'accouchement est plus grande que sa rancune. Elle voudrait que son époux soit plus souvent près d'elle. Qu'il lui dise qu'il l'aime..

De temps en temps, il vient lui faire une visite, et pour se faire pardonner ses absences, lui décrit les fêtes auxquelles il assiste. Il a un talent réel pour raconter. Et les sujets des ballets excitent sa verve. Celui de la Reine dansé par les nymphes du jardin, c'est du banal. Mais le ballet du Monde renversé, celui des Infatigables, ou des Démons, c'est drôle !

— Le roi lui-même danse dans le ballet des Voleurs, voyez-vous, Marie. C'est ce genre, le ballet burlesque, qu'il préfère, délaissant les ballets conventionnels tirés des pastorales. Après la mort de Luynes, le côté dérisoire des choses, seul, l'a sorti de sa mélancolie. Il ne s'égayait qu'en revêtant un costume grotesque pour participer aux spectacles organisés par ses courtisans. Luynes oublié, il a gardé le goût de la moquerie, des thèmes étranges, des gens anormaux.

Chantal ne dit pas que ces sortes de ballets ne réclament aucun décor particulier, seulement des costumes, parfois extravagants. Ils coûtent donc moins cher à monter, et on peut les donner partout sans difficultés. Louis XIII, toujours soucieux de se montrer à son peuple, aime qu'on les joue à l'Hôtel de Ville après les avoir joués au Louvre. Sans grever les finances du royaume. Mais pour Celse-Bénigne, l'argent ne compte pas...

— Certains de mes camarades, dit-il à sa femme, apprécient le goût de notre roi pour le burlesque. Quand le monde réel ne donne pas satisfaction, pourquoi ne pas se réfugier dans un monde renversé ?

Et puis, moi, continue-t-il, j'aime rire. Si vous aviez vu, ma belle, le comte de La Rochefoucauld danser le démon de la vanité, empanaché de plumes de paon, sur le crâne, sur les bras, autour de la taille. Ou le baron de Palluau en démon de la guerre, portant sur la tête un énorme château-fort avec donjon, créneaux, oriflammes, des flèches lui sortant de tous côtés. Ou encore Blinville en démon du jeu. Il avait des raquettes à la ceinture, quatre cornets à dés en cuir et une grosse balle posés sur un échiquier en guise de chapeau... A mourir.

Et Celse-Bénigne décrit les couleurs des vêtements, mime ses compagnons ainsi harnachés dansant avec précaution ou au contraire avec audace, sautant, puis s'écroulant souplement. Il agite des marottes imaginaires, entonne des airs triomphants ou misérables. Bref il fait rire Marie.

Quand il est ainsi et qu'elle contemple son visage malicieux et si parfaitement beau, sa haute taille, ses jambes souples et déliées, elle oublie sa rancune. Quel comédien il est, quel farceur ! Elle repense à ses mines compassées quand son père lui parlait de sécurité... Elle voudrait tant qu'il reste auprès d'elle pour la distraire et la faire rire encore !

Mais lui s'ennuie bientôt à faire le pitre pour sa femme.

Elle s'alourdit, elle a perdu sa vivacité. Elle ne fait même plus de musique. Où est la jeune fille désirable qui chantait avec tant d'émotion dans la gloriette de Montaleau ? La nuit, il ne peut l'approcher. Lisa veille avec un soin jaloux sur le repos de la jeune femme. Alors il a hâte de rejoindre ses amis.

— Aujourd'hui, ma chère, je vous apporte une lettre de Toiras. Adressée à nous deux. Quel galant homme !

— Il n'est donc pas à Paris ?

— Non. Peut-être dans son gouvernement d'Amboise. En tout cas il ne doit pas y rester. Il écrit qu'il va partir vers La Rochelle où les huguenots s'agitent encore. On ne sait trop pourquoi il s'est sauvé si brusquement. Boutteville a ricané. Il a parlé de chagrin d'amour.

— Vraiment ? Le malheureux...

— D'autres disent qu'il a montré trop d'hostilité à Richelieu. Et comme le cardinal revient aux affaires et entre au conseil du roi – ce n'est qu'une question de semaines –, il a préféré ne pas encourir les foudres du nouveau ministre d'Etat. Il a choisi un exil volontaire pour en éviter un forcé. En fait, le plus probable est que le roi se plaît à envoyer vers les rebelles rochelais un de ses brillants soldats.

En vérité mon ami saura leur tenir tête, affirme Celse-Bénigne. Nul n'ignore qu'il est un grand homme de guerre.

— Et courageux, murmure Marie. J'ai appris de mon frère Philippe qu'on le surnomme partout « le brave Toiras ».

— A propos, ma chère, conclut Celse-Bénigne, il faut lui accuser réception de son message. Mais je déteste écrire. Vous semblez douée pour cela. Je vous charge donc à l'avenir de répondre aux lettres de notre ami.

La tâche ne déplaît pas à Marie. Elle garde un excellent souvenir du salut dont l'a gratifié Jean de Toiras. Quel dommage qu'il ait disparu si vite de leur vie ! Voici une occasion de renouer des liens.

Un jour d'ennui où Celse-Bénigne s'est envolé – comme souvent –, elle se met à son écritoire, remercie Toiras des nouvelles qu'il leur a données.

Ensuite, quels sujets aborder ? Ce n'est pas facile. Sa mère lui a tellement appris la retenue, la discrétion. Surtout ne pas parler de soi...

Par la fenêtre elle observe la place Royale et aperçoit les fenêtres de Monseigneur Frémyot. Ah, voilà un sujet possible ! L'archevêque a souvent évoqué les liens excellents qu'il a avec un frère de Jean – un de ses nombreux frères –, Claude, évêque lui-même. Elle donne donc quelques nouvelles du bon oncle de Celse-Bénigne. En demande des autres frères de Toiras, La Forest, le gouverneur de Foix, Restencleires, Montferrier qui comme Jean servent dans l'armée. Elle pourrait s'arrêter là.

Non. Elle a encore envie d'écrire, cela la distrait. Elle pense à la grande nouvelle du quartier, celle qui fait encore les beaux jours des bavards de la Place Royale, l'incendie chez les Pontmain.

Mais à cette pensée, son visage se ferme, elle pâlit. Cet enfant qui bouge en elle, comme elle voulait ce soir-là le faire sentir à son époux. Le coquin ! Comme il a trahi sa confiance ! Elle, si douce, frémit de colère rentrée.

Alors, pleine de sa jalousie, elle se laisse aller à parler de Celse-Bénigne. Bien sûr, elle n'évoque pas son absence de la maison la nuit de l'incendie ni ses trahisons. Elle aborde le seul sujet convenable avec un homme, un militaire, les duels de son époux. Est-il au courant ? Chantal ferraillait-il avant son mariage ? Sans doute. Fréquemment ? Qui pourrait essayer de l'en empêcher ? Comment ? Et que risque son époux à transgresser les défenses du roi ? Sa plume court sur le papier. Une maladroite série d'interrogations qui trahissent sa détresse.

Elle reprend haleine. Tout à coup, elle pense que Celse-Bénigne ferait mieux de mettre sa vaillance et son habileté à l'épée au service du roi. Comme son ami Toiras. Quel courage de lutter contre de vrais ennemis !... Mais cela ne serait pas convenable à écrire.

Elle se relit. Ce n'est pas une simple lettre de compliments, elle doit l'avouer. Sans raison elle s'est confiée à cet homme sur les chagrins – enfin une partie des chagrins – que lui donne son mari ! A-t-elle eu tort ? Tant pis, c'est écrit. Après tout, ce n'est qu'une lettre. Son confident est loin, occupé à des tâches difficiles. Il ne s'appesantira sûrement pas sur le message d'une petite baronne parisienne qu'il a vaguement aperçue chez elle, un jour de pluie. Et puis n'est-il pas le meilleur ami de Celse-Bénigne ?

La réponse ne tarde pas. Elle est adressée à la baronne de Chantal. Le baron ne s'en offusque pas. Puisque Marie a fait l'effort d'écrire... Il ne demande même pas à lire la lettre, et la jeune femme ne le lui propose pas.

Elle la lit et la relit, puis la range avec soin dans un coffret de cuir fermé d'une minuscule clé d'argent. Maintenant qu'elle est mariée et accède librement à la bibliothèque de sa mère, elle sait combien les héroïnes de *L'Astrée* gardent jalousement la moindre de leur correspondance !

Le message paraît fort innocent en vérité. Juste un rappel de leur première rencontre Place Royale. Inoubliable, précise pourtant Toiras. Il est bref. Sans allusions précises aux duels de Chantal. Quelle délicatesse ! songe Marie. Au cas où mon mari aurait voulu lire la lettre...

Et ce silence de Jean de Toiras sur le sujet qui la préoccupe lui donne l'impression d'une complicité inattendue.

11.

Lettres

L'hôtel de Coulanges est frappé de silence et de stupeur. Le scandale ! Et un jour de Pâques encore ! Qui aurait pu imaginer chose pareille ? Aucun bruit dans la grande maison. Les domestiques demeurent cois dans les cuisines ou les écuries. Les parents de Marie s'enferment dans leur chambre. Les enfants n'ont pas besoin de leurs bonnes pour rester tranquilles. D'eux-mêmes ils se taisent, impressionnés par la scène qu'ils viennent de vivre.

Marie se réfugie dans son appartement et repousse les secours de Lisa. Elle a besoin de solitude. Nulle parole ne l'apaisera. Dieu, que son ventre lui pèse ! Elle fait quelques pas, s'affale devant sa table, voit son écritoire. Le salut !

Il faut qu'elle confie sa honte et son inquiétude, tout de suite. Ecrire lui permettra peut-être de mettre ses idées en place et d'arrêter les battements désordonnés de son cœur. Mais écrire à qui ? La réponse fuse, immédiate : à Jean de Toiras. Il a de l'amitié pour Celse-Bénigne. Il a l'oreille du roi, cela peut servir.

Elle prend son écritoire, a une pensée rapide pour Christophe qui le lui a donné – malgré son flegme habituel, son frère était décomposé tout à l'heure en sortant de l'église –, et se jette sur sa plume.

« Jour de Pâques, avril 1624. Ma douleur serait bien médiocre si je pouvais vous la dépeindre. Je ne l'entreprendrai pas aussi. Sachez seulement, Monsieur, dans quel désarroi se trouvent les miens.

Nous étions partis en famille pour la messe de Pâques à notre paroisse Saint-Paul. Nous étions à nos places, Celse-Bénigne assis entre ma mère et moi-même. La cérémonie allait son train. Nous avions communié et faisions en silence notre action de grâces, la tête entre les mains. Quand, à grand bruit, un homme, vêtu comme un laquais, pénètre dans l'église, traverse l'allée centrale jusqu'à notre banc. Il s'arrête près de mon époux et à haute voix lui dit : « Je suis envoyé par le comte de Boutteville. Venez l'assister contre Pontgibaud. Porte Saint-Antoine. C'est urgent. »

Les fidèles relèvent la tête, interrompent leurs prières et voient, étonnés, mon époux partir de l'église en courant. Il était en habit de ville, sans épée ni bottes. Avec aux pieds ces petits souliers à la mode en velours noir, simplement recouverts de mules pour les protéger des crottes et de la boue. Qu'aurais-je pu faire pour le retenir ? Je n'en avais pas la force et il ne m'aurait pas écoutée. Je restais là, inerte et bouleversée.

Après cet éclat, l'office se termine dans la plus grande confusion. Les paroissiens quittent Saint-Paul en colère. On leur a gâché leur messe de Pâques, leur joie de la Résurrection du Christ. Le prédicateur et le curé fulminent en criant contre cette jeunesse batailleuse qui bafoue les interdits de l'Eglise et les édits du roi. Ma famille et moi, morts de honte, nous réfugions dans notre carrosse qui nous mène à quelques pas de là, rue Saint-Antoine. Mon père envoie ses laquais et les miens aux nouvelles.

De la voiture, le cœur serré de souvenirs et de pressentiments, j'aperçois, au bout de la rue, la porte Saint-Antoine, la prison de la Bastille, et sur la droite, juste avant, le monastère de la Visitation. Un de nos laquais revient et rapporte ce qu'il a vu : le duel est un désastre.

Derrière la porte, près de la place circulaire qui s'étend sous les remparts de l'énorme prison, les quatre hommes s'affrontent rageusement. Ils échangent des paroles grossières, blasphématoires même. Et, puisque les seconds, requis en urgence, n'ont pas leurs épées, ils se battent à coups de couteaux, dérobés dans une taverne voisine. Comme des spadassins. La foule s'amasse autour d'eux. Quatre sergents du Châtelet tentent de les arrêter. Les enragés continuent de se battre. Il faut croire que leur acharnement séduit les spectateurs.

Mon laquais Pignaudet revient à son tour dire qu'ils sont plus de deux cents, piétons, cavaliers, cochers, à les encourager, à les acclamer. Mieux, à les protéger quand les sergents, renforcés de quelques gardes de la Bastille, s'approchent pour s'emparer d'eux. A la faveur d'une mêlée indescriptible d'hommes, de voitures, de chevaux, les quatre duellistes réussissent à s'enfuir.

Le carrosse nous ramène Place Royale. Et me voici, seule, désespérée. Ainsi Celse-Bénigne continue à ferrailler, à courir se battre quand quelque ami l'appelle. A ferrailler un jour pareil ! Malgré les édits du roi. Et ceux de notre ministre, le cardinal de Richelieu, ne manqueront pas d'être plus sévères encore. Où est-il maintenant ? Que va-il devenir ? Quand s'arrêtera ce cauchemar ?

Pardonnez, je vous prie, mon audace à vous écrire, mon ami. Et permettez-moi de vous donner ce nom que mon époux ne désavouerait pas. »

Le lendemain, le cauchemar continue.

Le Parlement commence les poursuites et rend huit jours plus tard un arrêt qui condamne, par contumace, à la peine capitale les quatre hommes « convaincus de crime de lèse-majesté divine et humaine pour la contravention faite le jour de Pâques aux édits des duels ».

L'arrêt est sévère. Ils sont déchus des privilèges de noblesse, déclarés roturiers, condamnés à être pendus à une potence dressée en place de Grève, étranglés, leurs cadavres jetés à Montfaucon. S'ils ne sont pas appréhendés, ils seront pendus en effigie. Leurs maisons dans le royaume seront démolies et rasées. Interdiction sera faite d'y rebâtir. Un pilier de pierre sera élevé sur leur emplacement avec une plaque de cuivre sur laquelle seront gravées les causes de la démolition. Les arbres environnants seront coupés par le milieu, leurs troncs demeurant pour témoigner de leur crime. Leurs autres biens seront confisqués moitié au profit de la Couronne, moitié à celui de l'hôtel-Dieu et de l'hôpital de Saint-Germain-des-Prés, dit des Pauvres enfermés.

Le 24 avril, sans attendre la réponse de Toiras, Marie, désespérée, tente de se consoler en lui écrivant les rebondissements de la consternante affaire, car, pour les Coulanges, la descente en enfer ne s'arrête pas là.

> « Voici que l'effigie des quatre condamnés, à peine attachée à un poteau en la place de Grève, a été arrachée de nuit par un bon nombre de gens à cheval et de laquais. Ils ont même coupé la potence et emporté l'effigie. De nouvelles poursuites sont engagées par le Parlement contre ces gentilshommes et leurs domestiques. On va suspendre un tableau des condamnés à une nouvelle potence. Elle sera gardée nuit et jour par des archers. Ils ont ordre de tirer sur ceux qui s'en approcheraient. »

Il est tard. Marie soupire, les reins endoloris, le souffle court, puis reprend sa lettre :

> « Pour nous, c'est le déshonneur. Tout Paris est au courant des méfaits de mon époux. Je ne comprends pas quel plaisir il peut prendre à un duel. Il ferait mieux, écrit-elle, soudain rêveuse, de mettre ses talents à se battre au service du roi. C'est ce que vous faites inlassablement, mon ami,

ajoute-t-elle, les joues soudain empourprées. Permettez-moi de vous en féliciter et de croire que je suis votre ... »

Lisa entre dans la chambre, interrompt Marie et la force à se mettre au lit. Au petit matin, elle s'aperçoit que la jeune femme a eu une perte de sang.

Elle envoie quérir d'urgence l'experte et renommée Mme Robinet, d'une famille où l'on est sage-femme de mère en fille. Celle-ci se fait rassurante. Il n'est besoin que de repos. La baronne en est à son huitième mois, elle mènera sans danger son enfant à terme.

Les mauvaises nouvelles vont vite.

Dès le 26 avril, la supérieure de la Visitation de Paris écrit à la mère de Chantal et détaille les malheurs de son fils.

Mécontente, car elle n'aime pas les ragots, Jeanne lui répond d'Annecy, immédiatement et avec sécheresse, qu'elle « ressent évidemment cette affliction ». Mais elle est une femme forte. Rien ne saurait entamer sa confiance dans la divine Providence.

Trop fière pour reconnaître que décidément son Celse-Bénigne ne vaut pas cher, trop orgueilleuse pour s'en plaindre, elle confie à Madeleine de Chaugy :

— Je ne veux pas m'appesantir sur cette affaire.

Et, se raccrochant une fois de plus à sa foi, répète, d'une voix qu'elle veut ferme :

— Ne faut-il pas acquiescer en tout au bon plaisir de Dieu ?

Elle laisse donc s'accumuler sur son bureau, sans y répondre, les lettres de Mme de Coulanges qui, pleine de bonté, tâche de la réconforter – et de se réconforter elle-même – dans cette épreuve. Elle refuse de lui parler du fameux duel. Elle déplore en elle-même la rage effrénée de cette pratique et la folie de cette jeune noblesse qui, à la pointe de l'épée, va si imprudemment chercher l'enfer. Mais elle ne va pas s'abaisser à parler de son chagrin, de ses états d'âme, à cette famille de financiers qu'elle n'a même jamais rencontrés.

Et puis, elle s'aperçoit que le temps passe – on est en juin –, et que la dernière lettre de Mme de Coulanges, de mai, laissait présager un prochain accouchement. Il a sans doute eu lieu... Jeanne de Chantal ne peut plus reculer ni s'excuser sur la monumentale correspondance qu'elle est obligée d'entretenir avec ses filles de la Visitation.

En soupirant elle prend la plume, nomme Mme de Coulanges « Madame ma chère sœur », et non plus seulement « Madame ». Une formule affectueuse qui fera oublier son retard à répondre. Elle remercie les Coulanges du partage des tâches qu'ils consentent à assumer, et qu'elle répète : à eux le temporel de son cher fils, à elle les prières pour toute leur honorable famille. Rien sur le duel. Pour finir, une allusion à Marie, les mêmes mots banals qu'en janvier : « Dieu lui donne un heureux accouchement ». Ouf ! La corvée est faite.

La porte s'ouvre. Madeleine de Chaugy entre, tenant à la main une lettre qui vient d'arriver pour elle au couvent. Jeanne la prend, la lit et cette fois, malgré toute sa force de caractère, blêmit. Ses mains tremblent. Elle respire profondément, se tourne vers Madeleine et au bout de quelques minutes, lui dit :

— Un enfant est né chez mon fils. Un fils ! Hélas, le pauvre enfant était trop faible pour survivre. Il a plu à Dieu de mettre sa chère petite âme dans son paradis.

Puis elle redresse les épaules, rajuste sans nécessité sa coiffe et ajoute fermement :

— ...dans son paradis, où éternellement il louera la bonté de Dieu et priera pour ses chers père et mère.

Devant tant de foi et de courage, Madeleine a les larmes aux yeux. Elle veut prendre la main de sa compagne, mais celle-ci se dégage, reprend sa plume et sans broncher, ajoute un simple post-scriptum à la lettre pour Mme de Coulanges qu'elle vient de terminer :

> « Ma très chère sœur, il faut bénir Notre-Seigneur. C'est assez de consolation de savoir votre fille en santé et d'espérer qu'elle aura bientôt d'autres enfants, Dieu aidant. Ne pensez pas qu'elle m'en soit un brin moins chère. La pauvre petite n'en a-t-elle pas le plus grand déplaisir ? »

Oui, Marie a de la mort de son fils le plus grand déplaisir.

Malgré les paroles d'encouragement de sa mère et de Lisa, elle avait tant souffert pour le mettre au monde qu'elle s'était évanouie avant la fin du travail.

Revenue à elle, elle avait vu Mme Robinet lui exhiber, triomphante, un bébé emprisonné de langes étroitement serrés depuis le cou jusqu'aux pieds. Il était né à terme, disait-elle, victorieuse. Mais comme il avait semblé petit à Marie ! Comme ses cris paraissaient faibles ! Et il n'avait pas échappé à la jeune mère que Mme de Coulanges, sans attendre, avait imprimé sur le front minuscule le signe de la croix et dit les paroles sacramentelles qui faisaient de lui un chrétien. Pendant quelques heures, une nourrice, la meilleure et la plus chère du Marais, s'était acharnée à donner un peu de lait et de vie au bébé. En vain.

Alors que Celse-Bénigne est toujours en fuite – où ? elle l'ignore –, l'enfant meurt. Fin mai, Marie se retrouve sans enfant ni mari. Personne à qui se confier. Sa mère ne lui est d'aucun secours. Elle demeure, comme son époux, muette et glacée devant l'inconduite de leur gendre, jugeant inconvenant de se lamenter sur la mort du bébé. Toujours la divine Providence ! Et puis elle a vu elle-même mourir tant de ses enfants...

Jean de Toiras n'a pas répondu aux lettres de Marie. Henriette est encore jeune. Elle n'a pas souffert. Elle ne comprendrait pas les chagrins de sa sœur. Lisa est trop perturbée elle-même par la douleur de sa douce pour pouvoir l'aider. Elle ne trouve rien de mieux à faire qu'à la contempler d'un regard infiniment triste.

Alors la jeune femme glisse dans la mélancolie. Elle ne s'habille plus que d'un méchant manteau noir, et refuse d'ouvrir le coffret d'ébène doublé de velours vert sombre qui renferme ses bijoux. Elle qui les aime avec passion ne veut plus les porter, ni même les regarder. Et son luth demeure muet.

Pour l'été, la famille la traîne à Montaleau. Et c'est là, en août, qu'elle apprend enfin, par une lettre de sa belle-sœur, que Celse-Bénigne s'est réfugié chez elle, à Alonne, dans le plus grand secret. Il est sain et sauf, dit Mme de Toulongeon, et d'après ce que lui a écrit sa mère, on peut espérer que ses « affaires tireront en longueur », c'est-à-dire que sa condamnation n'aura pas de suite et qu'à la longue le roi lui fera grâce. C'est sa mère encore, explique Françoise, qui l'a mise au courant du « surcroît d'affliction » arrivé à Celse-Bénigne et à sa femme par la mort de leur fils.

Et plus ou moins naïvement, la belle-sœur fait état du souci majeur de la religieuse : le petit a-t-il reçu le baptême ? Car si le baptême a eu lieu, il y a, dans cette mort d'enfant, affirme Jeanne de Chantal à sa fille, plus de sujet de consolation que de tristesse. Il sera éternellement un ange dans le ciel et veillera sur les autres enfants qui ne manqueront pas de venir, Dieu aidant. La seule question est donc : a-t-on eu le temps, avant sa mort, de baptiser l'enfant ?

Les nerfs à vif, le cœur blessé par les épreuves qu'elle vient de subir, Marie ressent cette interrogation comme une insulte. La révolte monte en elle. Pourquoi sa mère n'aurait-elle pas songé à baptiser le bébé ? Parce qu'elle est l'épouse d'un financier ? Parce qu'elle est riche ? Parce que ses ancêtres ne remontent pas aux Croisades ?

Marie se sent rejetée, méprisée, abandonnée, sans époux pour la défendre. Et d'ailleurs la défendrait-il ? Son imagination s'enflamme. Brusquement elle éclate en sanglots. Et cette fois, Lisa parvient à consoler la jeune femme. Elle la fait asseoir, s'assied près d'elle, lui passe un bras autour des épaules, et lui parle calmement, longuement. Devant le drame de la mort de son enfant, elle ne savait que lui dire.

Mais là, elle sait. Les blessures d'amour-propre, les mesquineries dans les familles, les allusions perfides, les soupçons injustifiés, les soucis d'héritages, elle connaît.

Peu à peu, s'exprimant d'un ton paisible, elle rassure Marie. Elle ne doit pas s'imaginer qu'on veut l'humilier. D'ailleurs n'est-elle pas devenue par son mariage la baronne de Rabutin-Chantal ? C'est son nom. Il lui appartient. Et les qualités qui vont avec.

Voyant que la jeune femme se détend, Lisa ne résiste pas au plaisir de se moquer un peu des Rabutin de Bourgogne. Oh, elle ne devrait pas ! Chaque famille, chaque individu a ses croyances, plus ou moins respectables. Il faut les accepter. Mais tant pis, l'occasion est trop belle. Lisa a trop souffert de ces nobles qui l'ont rejetée parce qu'elle était ruinée.

Alors, elle reprend la lettre et lit à voix haute le passage où Françoise parle du sort dont les Toulongeon rêvent pour la troisième fille qui vient de leur naître. Tout son entourage, affirme-t-elle, son mari, son beau-frère, l'abbé de Saint-Satur, sa mère bien sûr, et elle-même ont pour souhait le plus cher que cette fille entre bientôt au couvent de la Visitation.

— Leur souhait le plus cher ! commente Lisa. Allons donc... Le meilleur moyen de se débarrasser de cette énième fille, plutôt !

Et elle parvient à tirer un sourire des lèvres de Marie.

12.

Celse-Bénigne a de la chance

Oh, oui ! il a beaucoup de chance.

Alors que, pour échapper à leur condamnation, Boutteville et ses comparses doivent se réfugier, l'un à Bruxelles, les autres aux Pays-Bas, lui, après un temps d'errance, se terre à Alonne chez sa sœur, sans être dérangé par la justice du roi. En fait, il joue la carte de sa mère, et l'espère gagnante. Car le pieux Louis XIII ne fera pas arrêter ni expulser de France le fils de celle qui, depuis Annecy, pas très loin d'Alonne, dirige l'ordre de plus en plus prestigieux de la Visitation.

La mère de Chantal, ce n'est pas rien dans le royaume ! Des couvents qui ne cessent de s'implanter partout, des dons qui affluent, une direction ferme, minutieuse, compréhensive quand il le faut, une règle monacale qui s'impose, que l'on respecte et que le puissant parti des dévots apprécie. Jusqu'à cette canonisation de François de Sales à laquelle Jeanne travaille sans relâche, amassant les témoignages et les écrits du défunt évêque, relisant les biographies qu'on commence à lui consacrer, remuant ciel et terre, ...et toutes ses relations, pour convaincre les autorités compétentes et le pape de la sainteté de François. Un saint comme fondateur, quel prestige, quelle reconnaissance ce serait pour la Visitation ! Et tout laisse à penser que cette canonisation se fera sans tarder.

Alors, la vénérable mère peut espérer que Louis XIII fermera les yeux sur l'incartade de son fils. « Ses affaires traîneront en longueur », elle l'a écrit, sereine, à sa fille. Elle le répète à Madeleine de Chaugy. Après tout, il a été appelé comme second dans le fâcheux duel. Et le roi n'ignore pas que François de Sales, de son vivant, a veillé personnellement sur l'éducation religieuse du jeune homme. Formée par un saint – ou presque –, l'âme du baron de Chantal ne peut être fondamentalement mauvaise. Péché de jeunesse...

Pourtant, Celse-Bénigne se conduit avec témérité. De son refuge d'Alonne, sans souci de beaucoup se cacher, il ose faire parvenir une lettre à sa mère. Il sent le besoin de se faire pardonner. Et comment mieux l'y contraindre qu'en lui parlant de la mort de son fils – il vient de l'apprendre avec retard –, et en lui promettant de donner par sa conduite contentement aux Coulanges ?

Il a vu juste.

Jeanne est heureuse de ses promesses de bonne conduite et de ses dispositions chaleureuses pour cette honorable famille – qui l'entretient, il faut le reconnaître.

A la fin de juillet elle lui écrit sa satisfaction, l'assure que d'avoir son fils au ciel est une bénédiction – il en aura d'autres –, et n'oublie pas ses fonctions d'administratrice de la Visitation. Elle lui rappelle en passant que si M. de Coulanges veut mettre une seconde de ses nièces au couvent de Paris, il faudra la doter, parce que les supérieures ne veulent pas que l'on reçoive les filles de familles riches sans apport financier.

Comme si c'était le plus urgent !

Chantal est donc pardonné par sa mère. Il le sera bientôt par le roi, il n'en doute pas. Par le roi, oui. Mais par le cardinal ? Rien n'est moins sûr. Dans cette affaire, l'oreille du roi ne suffit pas, il y faut aussi celle de Richelieu, maintenant à la tête du gouvernement et le plus farouche ennemi des duellistes.

Par chance, et cette fois encore sans que Celse-Bénigne le lui demande, voici que Toiras parvient à lui sauver la mise. Comment a-t-il fait ? N'était-il pas de la cabale hostile à la prise de pouvoir de Richelieu ? N'était-il pas détesté de lui ? Certes, mais les temps ont changé et le cardinal n'ignore pas qu'il faut savoir changer soi-même quand on gouverne.

L'année précédente, à son départ de Paris, le roi a nommé Toiras gouverneur du Fort Louis en remplacement d'Arnaud, qui venait de mourir. Ce maître de camp avait bâti le fort pour tenir en respect les Rochelais rebelles. Surveillance indispensable, car La Rochelle est devenue, au sein du royaume, une sorte de ville libre, la place forte des calvinistes, où les cinq pour cent de catholiques déclarés sont pratiquement exclus de la vie publique. Intolérable pour le cardinal !

Depuis, Toiras a bien travaillé. Il a remis le fort en état, fait nettoyer les fossés, réparer les quatre bastions non revêtus de pierre et dont la terre s'était éboulée. Il a levé une compagnie de chevau-légers, ajouté des recrues au régiment de Champagne, le plus prestigieux du royaume, qu'il commande désormais à la place d'Arnaud. Bref il a tant et si bien fait que les Rochelais se sont plaints. Ces travaux, ont-ils dit, sont en infraction avec la paix, fort précaire d'ailleurs, conclue à Montpellier en 1622 entre eux et les catholiques.

Et ces plaintes ont été du goût du cardinal...

Non content d'agir, Toiras a pensé que l'attaque et la prise de l'île de Ré, occupée par les plus enragés des Rochelais, seraient possibles. Incognito, il vient à Paris exposer ce projet au conseil secret — le roi, Richelieu, et son ami le comte de Schomberg, gouverneur de Saintonge.

Le cardinal voit tout de suite l'intérêt de la proposition. L'île est un point stratégique parfait, juste en face de La Rochelle. Soubise, le chef protestant de la célèbre famille des Rohan, n'y a-t-il pas un temps établi son quartier général ? N'y est-il pas revenu ensuite quand Toiras, justement, l'a chassé du Médoc ? Son exposé approuvé, Toiras est donc en position favorable pour évoquer, comme en passant, la situation de Rabutin-Chantal. Après tout il ne demande au cardinal que « d'oublier » son ami. Si le roi le grâcie, le ministre n'aura qu'à fermer les yeux.

Jean regarde Richelieu. Alors d'un geste imperceptible, dissimulant un sourire malin derrière ses lèvres closes, « l'homme rouge » consent à baisser les paupières.

— Vous pouvez être content de vous, dit Schomberg à Toiras au sortir du conseil secret. Votre projet est adopté avec enthousiasme. Et, si j'ai bien compris, nous serons heureux de revoir à la cour notre bouillant Celse-Bénigne. Vous le tirez d'un sacré mauvais pas. Diable ! Une condamnation à mort par contumace ! Votre ami vous devra une fière chandelle.

Pourtant Jean n'est pas content de lui.

Dans le carrosse qui l'emporte vers le sud-ouest de la France, il se dévore de jalousie. Au diable l'amitié ! Il a fait ce qu'il devait pour Celse-Bénigne, mais par moments, il voudrait que sa condamnation ait été appliquée, que son ami fût mort, qu'il laissât une jeune et jolie veuve à réconforter.

Pourquoi a-t-il fallu que Marie lui adresse, après sa lettre de compliments, deux lettres affolées ? Il aurait pu l'oublier. Il s'y appliquait avec tant de soin. Jamais une femme ne l'avait tant impressionné. Quand il l'avait entrevue, Place Royale, au milieu de sa paisible famille, il savait qu'elle n'était pas pour lui. Mais rien n'avait eu raison de son désir.

Parbleu, elle n'avait pas besoin de l'informer ! Bien sûr qu'il savait le scandale causé par Chantal et ses compagnons, la grave condamnation qui pesait sur leurs têtes. Tout le monde en parlait. Pourquoi lui a-t-elle écrit ces lignes pitoyables, qui ravivaient son amour, qui lui donnaient tellement envie de la prendre dans ses bras pour la consoler ?

Lui répondre ? Il n'en était pas question. Il aurait laissé transparaître ses sentiments. Se présenter à l'hôtel de Coulanges pendant son bref passage à Paris ? Pas question non plus. Son séjour était secret. Et puis sous quel prétexte ?

Tout ce qu'il a fait, c'est de la guetter un jour, à l'heure de sa promenade Place Royale. Il l'a aperçue, silhouette inaccessible et fragile, accrochée au bras de sa dame de compagnie. Il en a été bouleversé. A nouveau, malgré ce qu'il a fait pour le sauver, il a souhaité la mort de son ami. Ah ! pouvoir s'élancer vers elle, lui faire oublier ses chagrins. Et il est reparti de la Place Royale rongé de honte et de désir.

De retour à La Rochelle, des soucis d'un autre ordre l'accaparent : il lui faut préparer la flotte qui attaquera Ré. Son frère, La Forest, gouverneur de Foix, chargé par le roi d'acheter des vaisseaux en Hollande, est en route pour prévenir Jean de leur arrivée prochaine. Hélas, une compagnie de chevau-légers de Soubise l'enlève, près de Surgères, et l'emmène, prisonnier, dans l'île où six hommes le gardent ... à ses frais.

Furieux contre son vieil ennemi, Toiras tente de renverser la situation et soudoie certains des gardes pour savoir ce dont Soubise dispose comme hommes, vivres et armes. Il parvient à obtenir de précieux renseignements. Peu à peu, par tous les moyens, avançant même de sa poche, peut-être à fonds perdus, le paiement des vaisseaux aux Hollandais, il s'acharne à préparer l'expédition sur Ré proposée au roi et au cardinal. Le 13 avril 1625, en récompense, il reçoit, par lettres de provision de Louis XIII, sa nomination de maréchal de camp.

A Paris cependant, Celse-Bénigne reparaît, aussi gai, sûr de lui, dépensier et désinvolte que s'il n'avait jamais été pendu en effigie place de Grève. Du moment que le roi a daigné lui adresser un sourire quand il est revenu au Louvre...

Place Royale, il s'est fait annoncer par Du Verger sans vergogne, pour le lendemain, comme s'il s'agissait d'une visite ordinaire. Il ne doute pas d'être bien reçu.

Marie le retrouve avec des sentiments mêlés. Elle lui en veut du scandale qui l'a éclaboussée, de son absence si longue, de son silence – d'accord, il n'aime pas écrire –, mais il a l'art de la séduire. Dès qu'elle le voit entrer dans sa chambre, jeune, élancé, les yeux vifs, le sourire charmeur, habillé à la dernière mode, la voix caressante, elle cède à la joie. Finis la solitude, les chagrins, les humiliations. Son mari, ce superbe gentilhomme ? A nouveau près d'elle ! Quelle chance !

Lui, pardieu, la trouve à son goût. Il avait laissé une épouse enceinte, déformée et nonchalante. Il retrouve une jeune personne fine et fragile, que Lisa a vêtue, en prévision de la visite, d'une robe de soie bleu pâle, légèrement décolletée, virginale et coquette à la fois. Sur le cou délicat de Marie brillent doucement les perles paternelles. Son luth à la main, la voici toute disposée à en jouer, et même à chanter les morceaux charmants et rêveurs qu'elle sait si bien interpréter.

Il s'élance vers elle avec fougue, saisit un de ses poignets délicats, l'embrasse et s'écrie joyeusement :

— Marie, ma belle, c'est décidé, je vous offre le bracelet de perles qui accompagnera votre collier et votre chaîne !

Subjuguée, emportée par les élans de cet époux imprévu, elle sourit.

— Et ce n'est pas tout, continue Celse-Bénigne, vous m'accompagnerez dans quelques jours aux fêtes du mariage de la princesse Henriette, la sœur de notre roi. Préparez-vous à vous faire belle !

— Elle épouse Charles, le prince de Galles ?

— Plutôt le roi d'Angleterre, dit en riant Celse-Bénigne. Le roi Jacques Ier est mort fin mars. Son fils Charles est désormais Charles Ier.

— Mais alors, à cause du deuil, il n'y aura pas de fête ? insiste Marie, craignant que Celse-Bénigne ne lui ait fait une fausse promesse.

— Si, si, ma chère. Vous savez bien qu'il n'est pas permis aux personnes de condition de s'affliger longtemps... Mais nous reparlerons de tout cela. Pour l'instant, dit-il en la poussant vers leur lit, nous avons mieux à faire.

Une chance pour Celse-Bénigne que ce mariage royal. Sans efforts, il lui permet d'offrir à sa jeune femme des heures de spectacles merveilleux. Elle est ravie. Malgré tout l'argent de son père, la fille du financier n'a jamais vu tant de magnificence. Et tant de personnes royales.

Le 8 mai, pour les fiançailles au Louvre, voici que, tout près d'elle, s'avancent dans la chambre de parade du roi – dont on a enlevé le lit pour faire de la place – les trois reines parentes de Louis XIII. Sa femme Anne d'Autriche, la plus belle, en satin rouge passementé d'argent, sa mère Marie de Médicis en velours noir, sa sœur Henriette, en robe de toile d'or et d'argent brodée de fleurs de lys. Murmures d'admiration, bijoux éclatants sur tous les gens présents, bouquets de roses et de lys dans chaque coin de la pièce, promesses d'une collation raffinée, il ne manque que le ballet.

— Henriette, paraît-il, l'a pourtant étudié avec soin depuis des mois, murmure Celse-Bénigne à l'oreille de Marie. Mais avec la mort de son beau-père, on ne le dansera pas...

— Elle n'a pas l'air d'avoir du chagrin, chuchote à son tour la jeune femme.

— Evidemment. Le royaume sur lequel elle va régner vaut bien un beau-père, répond Celse-Bénigne en souriant de ses dents éclatantes.

Trois jours plus tard, le mariage à Notre-Dame est un nouveau spectacle.

Marie ne se lasse pas de contempler la jeune reine, l'air majestueux malgré sa petite taille, en manteau de cour violet fourré d'hermine, que tiennent par la main ses frères Louis et Gaston. Et le duc de Chevreuse, en habit de drap noir doublé de toile d'or, recouvert d'une cape noire cloutée de diamants étincelants, qui représente le roi d'Angleterre et, selon l'usage, tient le rôle du marié, absent.

En revanche, le festin somptueux donné après la cérémonie à l'archevêché n'éblouit pas Marie. Elle connaît les raffinements des cuisiniers à la mode, les légumes rares comme les asperges, les énormes rôtis de gibier, les fruits confits, oranges et citrons, les massepains et les dragées du traiteur Renard récemment installé à Paris, les vins recherchés, les pyramides de fruits frais, les décorations de fleurs ou de pièces d'argenterie coûteuses. En vérité les tables des financiers peuvent rivaliser avec les tables royales !

Enfin paraît celui que tous attendent, le duc de Buckingham lui-même, chargé par Charles Ier de ramener sa femme en Angleterre. Celse-Bénigne a parlé de lui à Marie :

— Je l'ai rencontré un soir de bal à la cour, il y a deux

ans. Beau, séduisant. Né d'un simple shérif – un gouverneur de comté, si vous voulez –, mais devenu puissant et riche par la faveur du roi Jacques Ier.

Aussi, à la soirée que donne en son honneur la reine-mère au Luxembourg, Marie est-elle très curieuse de le voir. Elle n'est pas déçue. Il a la trentaine vigoureuse, des yeux de velours, une moustache épaisse et retroussée, un air hardi.

— Encore plus beau, plus riche, plus séduisant que naguère, lui confirme son époux. Et quand il parle en français, c'est sans un brin d'accent.

Les gens de cour ne sont pas déçus non plus.

— On prétend, raconte Celse-Bénigne à Marie, qu'il a vingt-sept habits dans ses bagages, des pierreries à profusion. Et quel galant homme ! Sur ses vêtements il a fait coudre ses diamants de manière très lâche, pour qu'ils se détachent du tissu au moindre mouvement. Alors les dames se précipitent pour les ramasser...

Marie s'amuse. Quelle verve a son époux ! Il sait tout ! Comme il parle avec vivacité !

La reine Anne d'Autriche n'est pas la moins charmée par le fastueux duc. A son précédent passage en France, il a remarqué le teint éclatant de blancheur de la jeune femme, ses mains admirables, et il y revient avec l'intention de la séduire. Une femme délaissée par son époux, quelle proie facile, quelle aubaine !

Une seconde fois, Celse-Bénigne et Marie admirent Buckingham à l'hôtel de Chevreuse, rue Saint-Thomas-du-Louvre, lors d'une fête. Mais ils ne participent pas au voyage à Amiens, où la jeune reine d'Angleterre doit faire ses adieux à sa mère et à sa belle-sœur Anne d'Autriche. Une foule de courtisans l'y accompagnent. Pas le baron de Chantal. A cause de son duel du jour de Pâques, il a perdu sa charge de gentilhomme ordinaire du roi. Un moindre mal, en vérité. Encore heureux qu'il soit revenu à la cour !

D'ailleurs, de cette perte, Marie ne s'offusque pas. Au contraire. Son époux sera désormais tout à elle. Alors c'est enivrée de fêtes, de couleurs, d'équipées à cheval le soir, derrière son merveilleux époux, qu'elle se donne passionnément à lui dans leur chambre de la Place Royale.

Et dans la douceur des nuits de mai.

13.

La gloire de Toiras

Durant l'été, les escarmouches n'ont pas cessé à La Rochelle.

A la fin de juillet, quatre pataches, bourrées de soldats et de feux d'artifice, sont sorties subrepticement du port et ont brûlé un vaisseau hollandais venu prêter main-forte aux royalistes. Et l'amiral que se sont donné les Rochelais, Guiton, un fanatique, inflige, dès qu'il le peut, de lourdes pertes à la flotte royale. La réaction ne tarde pas. Louis XIII donne ordre à Toiras de réduire sans pitié toute rébellion, et de mette à exécution son projet de la prise de Ré. Il faut en déloger Soubise et les protestants qui se sont installés là.

En septembre, tout est prêt pour l'attaque de l'île.

Toiras aura pour compagnons trois autres maréchaux de camp, Praslin, Saint-Luc et La Rochefoucauld. Il peut compter aussi sur vingt-deux bateaux venus d'Oléron et douze autres, achetés aux Hollandais. L'amiral de France, Montmorency, est en route. On n'attend que lui pour commencer l'attaque. Le 14, à onze heures du soir, Toiras s'embarque aux Sables-d'Olonne, et vogue vers Ré avec sa compagnie de chevau-légers, cinq cents jeunes recrues et trois compagnies, plus anciennes.

On mouille l'ancre pour attendre la marée favorable, puis on aborde, vers Ars, sur le rivage, où Toiras s'empare d'un vaisseau ennemi échoué, mais équipé de trente-six canons et de quatre pierriers. Une aubaine ! Au port d'Ars, on laisse les rebelles aux prises avec les marins hollandais, qui connaissent bien la rade. C'est là qu'ils chargent le sel nécessaire à leur commerce. Nul doute qu'ils fassent du bon travail pour mater les révoltés ! Et l'on marche en rangs serrés vers le bourg d'Ars, puis vers Saint-Martin. Une autre partie des ennemis y est installée, décidée à se défendre coûte que coûte. Les habitants du village, craignant pour les royalistes et voulant les aider au cas où ils devraient faire retraite, élèvent une barricade. Mais Toiras, quand il l'apprend, la fait promptement démolir.

— Les bons soldats, dit-il, ne doivent espérer de salut qu'en leurs armes.

Alors, à la tête des bataillons, accompagné de Saint-Luc et de La Rochefoucauld, il combat les rebelles une heure durant, au corps à corps, les repousse, en prend huit cents, plus quatre canons et deux drapeaux. Les moins courageux des ennemis tentent de s'enfuir. Il s'en noie quatre cents dans les marais. Soubise abandonne son épée, son chapeau et s'embarque en hâte. Il part se réfugier en Angleterre.

Pour Toiras, quel succès !

Sitôt connue la nouvelle, deux lettres de remerciements lui parviennent, une de Louis XIII, du 22 septembre, l'autre de Richelieu du 24. Ils parlent de sa fidélité, du bon service rendu. Louis l'assure même de son affection. Son ami Schomberg lui écrit aussi :

« Votre gloire est tous les jours dans la bouche du roi et de la reine sa mère. »

Les honneurs affluent. Le 2 décembre 1625, le maréchal de camp est nommé gouverneur de Ré. « M. de Toiras, écrit Louis XIII dans sa lettre de nomination, fut le premier à en projeter la conquête et il contribua courageusement à son exécution. » En janvier suivant, Montmorency le promeut vice-amiral pour Ré, les îles adjacentes, les côtes du Poitou et de l'Aunis. Il se voit attribuer quelques galiotes, deux navires de guerre, et pour lui, personnellement, une patache dont on lui assurera gratuitement l'entretien.

Conséquence de la prise de Ré : le roi d'Angleterre s'entremet pour que soit signée rapidement une paix entre le roi de France et ses sujets révoltés. Les conditions prévues sont dures pour les protestants : ils devront rendre certains biens pris aux catholiques, leur permettre l'exercice de leur culte, accepter qu'un commissaire mandaté par Louis XIII vienne les inspecter.

La citadelle de Fort Louis, le fief de Toiras en quelque sorte, sera maintenue, chargée plus que jamais de surveiller les Rochelais, tandis que le Fort Tadon, leur fierté, sera démoli.

Parmi les félicitations que Jean reçoit figure un billet de Celse-Bénigne, court et teinté de l'ironie qu'il affectionne. Il n'a pas un mot de remerciement pour l'intervention capitale de Toiras en sa faveur lors du conseil secret. Il doit pourtant la connaître. Il y a beau temps que le projet d'attaque de Ré est divulgué, et Schomberg la lui a certainement racontée.

Mais Chantal est de ceux qui croient que tout leur est dû. Il est si charmant, spirituel, bien né... Il doit faire un réel effort pour sortir de lui-même et se persuader qu'il lui faut féliciter Jean un peu plus longuement.

— Vous devriez écrire à notre ami, dit-il avec sa désinvolture habituelle, un soir de janvier, à Marie. Il s'est couvert de gloire à Ré, d'après ce que m'a raconté Schomberg. Vous savez combien écrire est pour moi une corvée.

Ils sont dans leur chambre. Dehors le vent chargé de pluie souffle en rafales sur la Place Royale. La jeune femme quitte son lit de repos, s'avance vers une fenêtre. Elle fait mine d'arranger les plis de l'un des lourds rideaux de velours prune qui les protègent des courants d'air.

En réalité elle ne veut pas que Celse-Bénigne la voie rougir. Il lui a, sans le savoir, rappelé ses lettres à Jean de Toiras. Quelle honte ! Comment elle, si réservée, a-t-elle pu se laisser aller à écrire à un homme, à lui parler des soucis que lui cause son mari ?

La proposition de Celse-Bénigne l'emplit maintenant de confusion. Mais le contact du velours des rideaux sur la paume de sa main la calme peu à peu par sa douceur, sa tiédeur. Elle se reprend, se retourne vers son époux et habilement lui répond :

— Mais la guerre n'est pas une affaire de femme. Que je lui parle de sa victoire, de sa gloire, vous n'y pensez pas, mon ami.

Elle ajoute :

— Et puis, dans mon état...

Elle n'est pas loin d'accoucher. Les retrouvailles de mai avec Celse-Bénigne ont porté leur fruit.

Après la mort de son fils, elle s'était inquiétée des nombreuses pertes de sang qui la laissaient épuisée, tremblante de fatigue. Lisa tentait de la rassurer : elle était malheureuse, bouleversée par le duel de Pâques, la perte de son nouveau-né, la fuite de son époux.

Mais Marie, anxieuse, se demandait si elle pourrait

encore avoir des enfants. Sa mère ne lui avait-elle pas toujours répété :

— Il n'y a pas de plus grand mérite pour une femme que la fécondité.

Et Mme de Coulanges avait prêché d'exemple ! Par bonheur, il avait suffi que son époux paraisse pour qu'un mois après, elle soit rassurée. Comme elle avait été heureuse, alors !

Elle le regarde. Il s'approche de la cheminée, se frotte les mains :

— Il fait bien froid ce soir. Hélas, ma chère, il me faut sortir par cette vilaine bourrasque. Quelle corvée ! Mais j'ai promis à l'un de mes amis souffrant de passer le voir. Autant m'en débarrasser au plus vite...

Il lui prend la main, lui embrasse l'intérieur du poignet, là où la peau est si douce, et ajoute :

— Je n'ai pas oublié ma promesse de vous offrir un bracelet de perles. Tenez, je vous l'apporterai pour la naissance de votre enfant.

Et, sans attendre de réponse, il se hâte vers la porte.

Marie n'est pas dupe. Passé les premiers mois de son retour, son époux a repris ses habitudes de jeune fou. Il n'est jamais là. L'argent lui file entre les doigts, se plaint son beau-père. Il joue. Certainement.

Il s'est déplacé plusieurs fois à Poitiers, sous prétexte de s'occuper d'affaires du roi. Quelles affaires ? C'est vers La Rochelle que les soldats fidèles et courageux en décousent avec les protestants.

Mais à Poitiers, Celse-Bénigne a eu, et a peut-être, une maîtresse. Marie l'a appris de l'indiscrète Mme de Pontmain, qui le tient du vieux Parabère, l'ancien gouverneur du Poitou, friand des visites de Chantal à cette occasion : « Il a tant d'esprit ! » Même si le vieux cordon bleu s'emmêle un peu dans les dates, sur le fond il dit la vérité. Celse-Bénigne la trahit... A Poitiers, ou ailleurs !

Elle avance une chaise près de la cheminée. Elle se sent glacée. Et triste. Heureusement, il y a ce petit être en elle. Elle contemple les flammes et frissonne en songeant que Celse-Bénigne lui fait endurer pire encore. Les duels ! La peur de le voir tuer pendant ou après les affrontements !

Car la condamnation à mort et la grâce du roi ne l'ont pas assagi.

Elle repense au bal chez les La Rivière, place Royale, à trois maisons de chez eux. Chose rare, ils y étaient allés à pied, escortés de deux domestiques. Sa grossesse se voyait à peine. Elle était encore sous le coup du bonheur des retrouvailles. C'était en octobre dernier.

Assise près des douairières qui vantent l'élégance de son époux, elle le voit affairé, cherchant quelqu'un, prenant enfin à part le duc d'Elbeuf, un gros gaillard de vingt-neuf ans, et lui parlant à mi-voix. Les deux hommes ont des airs de comploteurs.

Son cœur se serre elle ne sait trop pourquoi. Toujours parlant, ils s'approchent de l'endroit où elle se trouve. Ils chuchotent. A cause du bruit des violons et des conversations, elle a beau prêter l'oreille, elle ne comprend pas ce qu'ils disent.

Puis soudain, elle entend son époux dire d'une voix forte à d'Elbeuf :

— Eh bien, monsieur, suis-je bien averti ?

Et le duc de répondre :

— On ne peut mieux, monsieur.

Son inquiétude augmente. Elle n'y tient plus. Prétextant un violent mal de dos, elle demande à Celse-Bénigne de la raccompagner. Elle craint qu'il refuse – il aime tant le bal ! Mais il ne rechigne pas à rentrer lui aussi. Il semble au contraire satisfait. Une fois dans leur chambre, elle lui demande timidement s'il est content de sa soirée, pourtant écourtée.

— A merveille, ma chère. Je ne vais pas vous en faire mystère. Mon ami Boutteville est à Paris, lui aussi, mais étroitement surveillé par la police du roi. Ayant une querelle avec le duc d'Elbeuf pour une certaine dame, il m'a demandé de l'« appeler » en duel à sa place. Oui, c'est le terme consacré, dit-il en voyant l'étonnement de Marie.

Je viens donc de parler au duc de sa galanterie. D'abord étonné de me savoir si fort au courant, il a vite compris quand j'ai évoqué – tout bas – Bouttevillle. Date et lieu ont été convenus. Alors, comme si de rien n'était, mais en réalité au nom de Boutteville, je lui ai demandé à voix haute, et toujours selon les règles, notez-le, ma chère, si j'étais bien « averti ». Elbeuf m'a répondu : « On ne peut mieux, monsieur ». J'ai rempli mon office. Ils n'ont plus qu'à se battre.

Marie frissonne à ce souvenir. Elle revoit Celse-Bénigne, ce soir-là, ravi de son coup, persuadé qu'il se battra comme second de Boutteville. Elle se revoit elle-même atterrée. Ainsi ces histoires de duels n'étaient pas terminées. L'affaire de Pâques ne lui avait pas suffi. Elle n'en avait pas dormi de la nuit.

Au matin, par chance, elle avait appris de son époux que Catherine d'Elbeuf, alertée par ses domestiques de certains préparatifs du duc, avait soupçonné un duel prochain. Aussitôt, la duchesse, fille naturelle légitimée d'Henri IV et de Gabrielle d'Estrées, avait couru chez le roi, l'avait supplié de prendre des mesures pour empêcher le combat. Et elle avait obtenu gain de cause. Son demi-frère Louis ne pouvait guère lui refuser d'accommoder cette affaire !

Tout de même, se désole Marie, seule auprès du feu qui maintenant se meurt, quelle audace de la part de Celse-

Bénigne ! Quand il avait « appelé » Elbeuf, il n'y avait pas six mois qu'il était rentré en grâce !

Depuis sa prise de pouvoir, elle le sait, Richelieu a condamné de nouveau les duels. Il a édicté des peines un peu moins sévères que celles en vigueur auparavant, mais il a affirmé solennellement qu'elles seraient désormais scrupuleusement appliquées. S'il était pris dans une nouvelle affaire, Celse-Bénigne cette fois n'en réchapperait pas.

Un domestique vient ranimer le feu. Lisa le suit, s'empresse auprès de la jeune femme.

Elle lui porte un bol avec un jaune d'œuf battu dans du sucre.

— C'est bon pour vous, ma douce, et pour votre enfant.

Mais Marie ne l'écoute pas.

— Vous vous rappelez, lui dit-elle, cette lettre de ma belle-mère que Celse-Bénigne a reçue il y a quelques jours. Elle lui envoyait ses habituels vœux de bonne année, « ses mille saintes bénédictions spirituelles », et le chargeait de me transmettre son traditionnel « Dieu lui donne un heureux accouchement ». Toujours la même formule banale, si je suis enceinte, qu'elle s'adresse à mon mari ou à ma mère ! Elle n'aurait garde de m'écrire directement !

Lisa acquiesce.

— Eh bien, continue la jeune femme, mon époux a coupé sept ou huit lignes de cette lettre. Je suis sûre que la bonne dame lui savonnait la tête. Il n'a pas voulu que je les lise.

— Peut-être. Mais pour savonner la tête à votre époux, il n'y a que Monseigneur Frémyot... Il ne s'est guère manifesté ces temps-ci. Pourquoi ?

— Hélas, il s'est converti.

— Converti ? Un archevêque ?

— Oui, explique Marie, il a eu une grave maladie. Cela l'a fait réfléchir sur sa conduite passée, l'enfer, ces choses... Oh, il n'était pas un mauvais chrétien, j'en suis persuadée. Mais il a pris la résolution de vivre en conformité absolue avec les préceptes de Notre-Seigneur. Sa sœur l'a d'ailleurs aidé dans cette conversion. Elle lui écrit, le conseille, l'encourage, comme un directeur de conscience. C'est ma mère qui me l'a dit. Elle est toujours très attentive à ce genre de comportement.

— Vraiment ? réplique Lisa. Je trouvais pour ma part ce monseigneur tout à fait à mon goût.

— Je suis de cet avis, ma bonne, et je suis sûre qu'il s'intéresse à mon époux et à moi-même. Seulement l'été dernier il a décidé de se rendre à Rome pour le jubilé. Il s'est arrêté à Annecy voir sa sœur, et celle-ci en a profité pour lui demander de s'occuper à Rome d'affaires concernant la Visitation. Il ne pouvait le lui refuser. Il y passera donc un certain temps.

A parler de ce bon archevêque, Marie s'est détendue. Elle avale sans rechigner le jaune d'œuf que lui tend Lisa.

Mais, peu après, seule une fois encore dans son lit, elle s'agite.

Celse-Bénigne exagère, il aurait voulu qu'elle lui serve à nouveau de secrétaire. Le paresseux, le sans-gêne ! Et puis il a eu tort de lui parler de Toiras, de le rappeler à son souvenir.

En elle-même, elle l'admire. En voilà un qui a du vrai courage ! Qui combat pour son roi et non pour de stupides querelles d'honneur. D'honneur ? Non. De femmes... Elle l'a déjà pensé, elle n'a pas osé l'écrire, évidemment, mais elle en est persuadée.

Jean de Toiras est un héros, alors que son Rabutin-Chantal n'est qu'un ferrailleur.

14.

La seconde Marie de Rabutin-Chantal

Huit jours après, conseil de guerre chez les Coulanges.

Mme Robinet, sa fille, deux sages-femmes du Marais, trois des servantes et Lisa entourent le célèbre accoucheur Socratès. Il s'agit de choisir la position que prendra la jeune baronne de Rabutin pour mettre son enfant au monde. Mme de Coulanges trouve ridicules ces conciliabules. Pourquoi tant de manières ? Faire des enfants est dans l'ordre divin. Les femmes ont été créées pour cela. Mais elle a cédé aux remarques de son époux. Marie a été très affligée par la perte de son premier enfant. Il faut, pour le second, mettre toutes les chances de son côté.

— Il n'y a que deux manières d'accoucher, pérore Socratès, un homme au teint sombre et au nez camus, que suit dévotement un jeune apothicaire au visage rongé de barbe. Debout devant une cheminée, attachée à une barre de bois, elle-même fixée à la cheminée. Ou à genoux, les bras étendus sur le haut d'une chaise. Je précise, dit-il avec assurance, que les deux méthodes sont dangereuses. J'ajouterais qu'elles sont indécentes, car dans les deux cas, selon les moments, on couvre et on découvre la parturiente. Une pratique contraire à la bienséance !

Là-dessus il se lance dans un exposé confus, truffé de mots barbares ou latins, raconte des anecdotes ahurissantes. Il s'étend longuement sur les malheurs d'une mendiante qui, au hasard de son errance, avait accouché seule, sur de la paille, et dont le nouveau-né avait été mordu à la tête par un cochon caché dans cette paille.

Le temps passe. Certaines des servantes s'ennuient manifestement. Lisa se dit que sa douce Marie n'accouchera pas dans une loge à cochons. Ce que raconte Socratès est inutile.

— Je n'interviendrai pour ma part, conclut-il, qu'à la dernière phase de l'opération. Et encore, si je ne suis pas pris à ce moment-là par une autre de mes riches patientes. Vous connaissez ma réputation dans Paris...

Dès qu'il est parti, Mme Robinet se tourne vers Lisa.

— J'en sais en vérité, Madame, plus que ce médicastre prétentieux. Ne vous inquiétez pas. J'ai acquis depuis peu une chaise d'accouchement. C'est un meuble qui a fait ses preuves. Je viendrai avec, le moment venu. Tout se passera bien.

De fait, quand les douleurs de Marie commencent à devenir extrêmes et rapprochées, Mme Robinet, convoquée en hâte, arrive Place Royale avec sa chaise miracle. Elle y installe sa patiente, la rassure, l'encourage, et sans utiliser les boissons chaudes censées hâter l'accouchement – vin brûlé avec des aromates, teinture de castor, thériaque ou huile d'ambre, de vrais poisons pour les femmes en couches –, elle la masse délicatement, oint ses parties intimes de beurre pour qu'elle ne soient ni sèches ni dures, humecte régulièrement ses tempes et ses lèvres de vinaigre pour la ranimer.

Autour d'elle les servantes courent en tous sens, se jettent des regards affolés. Comme les valets ne sont pas admis dans la pièce, elles doivent entretenir elles-mêmes le feu dans la cheminée. « Un feu d'enfer », a dit Mme Robinet, car cette matinée de février est glaciale.

La fille de la sage-femme porte avec ostentation les ciseaux destinés à couper le cordon ombilical et les cordonnets de fil, d'environ un pied, destinés à le lier. Elle les dispose sur une petite table près de la jeune femme. Sa mère y a disposé elle-même la lancette et les plats d'étain, les palettes, destinées à l'inévitable saignée. Quant aux aides de Mme Robinet, elles chancellent sous le poids des linges qui serviront à la mère et à l'enfant, des brocs d'eau chaude et froide, des draps nécessaires au lit de l'accouchée, et que l'on changera plusieurs fois. Il règne dans la chambre une agitation féminine extrême, une chaleur suffocante, une odeur de médicaments, de transpiration, bientôt de sang.

Mais le passage de ce second enfant se fait plus facilement. Malgré ses douleurs, ses gémissements et la sueur qui l'inonde, Marie cette fois demeure lucide. Elle suit le travail qui se fait en elle, et ne quitte pas des yeux sa chère Lisa.

Soudain elle voit les traits de sa gouvernante qui, de crispés, deviennent radieux. Et, avant même de le sentir dans son corps, Marie lit sur le visage de Lisa qu'elle est enfin délivrée.

Donc ce 5 février 1626, à midi, naît au deuxième étage de l'hôtel des Coulanges, Place Royale, une fille.

Le même jour, suite à la prise de Ré par les royalistes, la paix, préparée par l'entremise de Charles Ier est signée.

— Oh, une fille, s'exclame, déçu, Celse-Bénigne en apprenant la nouvelle. Quel dommage ! Elle ne fera guère honneur au nom des Rabutin-Chantal.

Marie, quant à elle, est ravie. La page est enfin tournée de son fils premier-né, et de son chagrin.

Et puis quel bonheur d'avoir une fille ! Elle du moins

ne passera pas son temps à ferrailler. Comme elle l'aime, déjà !

Le lendemain de sa naissance, le bébé est baptisée en l'église paroissiale de Saint-Paul. Dédaignant la tradition, Celse-Bénigne refuse de prendre un parrain parmi les parents proches. Il choisit pour cet office Charles Lenormand, premier maître d'hôtel de Louis XIII. Nostalgie pour la charge de gentilhomme ordinaire qu'il a perdue ? Désir de se mettre en bons termes avec un officier important du roi, et espoir de regagner un jour quelque fonction à la cour ? Marie n'ose le lui demander.

Pour la marraine, en revanche, nulle hésitation. Mme de Coulanges remplira cet office. Et l'enfant se prénommera Marie comme elle. On n'a même pas proposé à Jeanne de Chantal de donner son prénom comme l'a fait Françoise de Toulongeon, pour la naissance de sa seconde fille. Ce n'est pas la peine, pensent ses enfants. La supérieure n'a jamais le temps de leur écrire et se contente de leur envoyer quelque cordial salut dans les lettres à son frère.

Après la cérémonie, quand la nourrice, les femmes de chambre et Lisa lui rapportent le bébé, la jeune mère la fait mettre dans son berceau, tout près de son lit, et se penche longuement sur elle.

« Bienvenue à vous, Marie de Rabutin-Chantal, lui murmure-t-elle tendrement. Même si je garde pour toujours mon nom de Marie de Coulanges, je suis moi aussi Marie de Rabutin-Chantal. Et je suis la première, vous la seconde. Quand vous vous marierez à votre tour, vous resterez une Rabutin-Chantal, et vous prendrez aussi le nom de votre époux. C'est un peu compliqué, pour vous, ma toute petite. Vous comprendrez plus tard...

Elle lui donne un baiser sur le front.

— Puisse cet époux vous rendre heureuse, ma beauté ronde et rose ! Vous êtes si belle déjà !

Et la jeune mère s'émerveille des traits réguliers de la nouvelle-née – un peu rouge encore –, de son petit nez, carré par le bout, de son duvet de cheveux blonds, de sa bouche minuscule.

Puis elle s'écrie, en regardant Lisa :

— Que j'ai hâte de la voir débarrassée de cet affreux maillot qui l'emprisonne, et d'embrasser ses mains !

Les semaines passent. Comme ses contemporains, riches ou pauvres, le bébé porte toujours un maillot rigide destiné à raffermir son dos, mais ses bras sont maintenant dégagés, et Marie ne se prive pas d'embrasser les mains mignonnes de sa fille.

Les voisines de la Place Royale, au hasard de leurs visites aux Coulanges, ne manquent pas de venir admirer la petite. Elles s'extasient surtout sur les prunelles de l'enfant, de couleurs différentes, l'une bleue et l'autre verte :

— Quel charme que ces yeux bigarrés ! Comme elle saura jouer des prunelles, une fois devenue grande !

Et Marie approuve.

Seul le nom de Jean de Toiras la détourne de la contemplation béate de sa fille.

On le devine à Paris, la paix signée entre catholiques et protestants est fragile, la prise de Ré n'est qu'une étape. Les royalistes s'en sont emparés pour mieux la fortifier, et Richelieu ne songe qu'à réduire à néant les huguenots. L'île est une pièce maîtresse dans la partie qui tôt ou tard se jouera à La Rochelle, et Toiras une pièce maîtresse dans la défense de l'île.

Tandis que le cardinal commande une vingtaine de canons et renforce l'armement naval, Toiras dirige dans Ré la construction de deux forts, l'un petit, au lieu dit la Prée, l'autre beaucoup plus grand, en forme de citadelle, à Saint-Martin.

De leur côté, les Anglais brûlent de venir aider les huguenots, leurs alliés naturels. Le mariage du roi d'Angleterre et de la catholique Henriette de France, au lieu d'apaiser les esprits, ne sert qu'à envenimer les relations entre papistes et protestants, les uns et les autres plus intransigeants que jamais. Et depuis la paix de février, Charles a les meilleures raisons de se mêler des affaires des Rochelais et d'intervenir militairement chez ses voisins. N'est-ce pas par son entremise que la paix a été préparée ? Il lui faut surveiller ce qui en résulte.

Quant à Buckingham, il veut par tous les moyens empêcher la France de devenir une grande puissance navale comme le souhaite Richelieu, et frapper sa flotte avec le concours des huguenots français. Ne dit-on pas aussi que le séduisant duc, vexé de s'être vu quasiment chassé par un Louis XIII fou de jalousie, n'a qu'un désir, revenir en France, à la barbe du roi, sous prétexte de guerre, et conquérir non seulement l'île de Ré, mais surtout... la reine ?

A Paris, on parle fébrilement de tout cela. Et toujours de Toiras, promu à la mort du maréchal de Praslin gouverneur de la province de l'Aunis – dont La Rochelle, le point névralgique, fait partie. Toiras, encore Toiras, dont le nom est répercuté sans cesse à tous les vents, Toiras qui devient, au mariage du frère de Louis, Gaston d'Orléans, le point de mire des gens de cour. Laissant la surveillance de la construction des forts à ses frères Montferrier et Restencleires, il s'est rendu à Nantes par mer pour assister aux noces princières.

Sur son ordre, on a décoré deux galiotes de banderoles en taffetas bleu et blanc, les couleurs favorites de Gaston, et habillé les matelots de tenues aux couleurs semblables. Lui-même porte un élégant justaucorps bleu brodé et soutaché d'argent, culotte et bas sombres, une superbe plume d'autruche au chapeau. Dans ce brillant équipage, il arrive à Nantes, où ses galiotes tirent quelques petits coups de canon en signe de réjouissance.

Louis XIII lui fait fête. Accompagné de la reine-mère et du duc d'Orléans, il accorde à Toiras l'honneur d'une promenade en mer dans l'un de ses bateaux. Puis, désireux en toute occasion d'assouvir sa passion, le roi l'emmène chaque matin chasser dans le pays nantais.

Au cinquième jour, Toiras fait une malencontreuse chute de cheval et se blesse à la jambe. Mais Louis l'entoure de tant de sollicitude que ce genou démis lui attire, de la part des courtisans, autant de louanges qu'une blessure au combat.

Même le père de Marie s'intéresse, en tant que financier, à ces préparatifs de guerre et d'armement. Il est ébloui par les millions en or que les Anglais consacrent à l'achat de vaisseaux et mesure à la quantité de cet or l'importance stratégique de l'île et de la place que gouverne l'ami de son gendre.

Ce gendre qui s'enfonce sans gloire dans de sordides difficultés financières. Ses dépenses excessives ont entraîné les poursuites de certains de ses créanciers devant le Châtelet de Paris. A plusieurs reprises, il a dû faire appel à son beau-père pour payer ses dettes. Il se trouve en butte aussi à des discussions d'intérêt infinies avec sa famille.

L'été a réuni une fois encore les Coulanges à Montaleau. Et Marie, que son père a entraînée dans le parc pour une petite promenade et... pour se plaindre de son gendre, tente désespérément de le défendre.

— Les chicanes ne viennent pas de mon époux, proteste courageusement Marie à son père. C'est ma belle-sœur Françoise et son mari Toulongeon qui sont intéressés au dernier point. Ils sont persuadés que, lors de notre mariage, ma belle-mère a avantagé Celse-Bénigne à leur détriment. Ils lui en font reproche...

— Voilà qui est impossible, ma fille, coupe d'un ton sec le financier. Jeanne de Chantal est peut-être une sainte, comme le soutient votre mère, mais relisez votre contrat de mariage, et vous vous apercevrez qu'elle ne risquait pas d'avantager son fils en quoi que ce soit. Votre époux n'a apporté dans sa corbeille de noces que du vent. La promesse de son oncle et de son beau-frère de payer les dettes contractées jadis par ses père et grand-père, Christophe et Guy de Rabutin ! Promesse d'ailleurs non encore tenue... L'oncle-archevêque n'est pas pressé apparemment de s'en acquitter.

— Le pauvre homme a été dangereusement malade l'année dernière, rétorque-t-elle, soucieuse cette fois de défendre l'oncle de Celse-Bénigne.

— Ce n'est pas une raison pour laisser ses dettes impayées, affirme Coulanges. On prend ses dispositions.

— Justement, continue Marie, ma belle-sœur Toulongeon est persuadée qu'à cette occasion Monseigneur Frémyot a rédigé un nouveau testament qui la dépouille au profit de mon époux. Elle ne cesse de s'en lamenter dans ses lettres à sa mère.

— Sottises que tout cela, bougonne le financier, mécontent. Même si je n'ai pas les quartiers de noblesse de ces fameux Rabutin-Chantal, je déteste les querelles d'intérêt dans les familles. Et je déplore que mon gendre en ait avec sa sœur.

Hélas, le beau-père n'a pas fini de se plaindre de lui.

Fin août, peu de jours après cette conversation avec sa fille, Chalais, l'ami de Celse-Bénigne, est arrêté. Poussé par sa maîtresse la duchesse de Chevreuse, il a comploté contre Richelieu. Convaincu du crime de lèse-majesté, il est jugé et condamné à la décapitation. Mais au jour dit, à Nantes, le bourreau a été enlevé par les ennemis de Richelieu, la hache prévue a disparu. On donne à un cordonnier, lui aussi condamné à mort, une épée pour tuer Chalais. S'il réussit, il sera gracié. Le cordonnier, peu habitué à cette arme, ne réussit qu'à blesser Chalais atrocement. On lui passe alors une doloire de tonnelier. Au vingt-neuvième coup, la tête de Chalais tombe.

Cette épouvantable boucherie frappe les imaginations. L'affaire fait grand bruit. Evidemment Rabutin-Chantal n'y est pour rien. Mais son amitié pour le condamné est connue. Et l'on reparle à cette occasion de son affaire du jour de Pâques.

Sa réputation en pâtit. A la cour et chez lui. Le financier veut bien entretenir princièrement le mari de sa fille. Encore faut-il que celui-ci fasse honneur à sa famille.

— Assez de duels, assez de condamnations à mort, assez d'accointance avec des gens peu recommandables que le roi refuse de gracier, assez de scandales, grommelle sans cesse Coulanges.

Alors, Marie se lasse de défendre Celse-Bénigne. Pire, en son cœur, elle s'éloigne de lui. Sa verve, son esprit lui paraissent maintenant grossiers, agressifs. Elle repense à ce que son époux vient d'écrire à son ami Schomberg nommé maréchal de France.

Il lui a écrit, oui.

Mais trois mots : « Qualité, barbe noire, familiarité ». Pour lui signifier que, s'il a été promu, c'est parce qu'il est un grand seigneur, qu'il a la barbe noire comme Louis XIII, et de la familiarité avec lui. Pas une allusion à son courage ni à ses succès à la guerre ! s'indigne Marie. Heureusement Schomberg a pris le parti d'en rire.

Mais Richelieu, qui, comme tout Paris, a eu connaissance du billet, n'a pas manqué d'en faire sentir l'impertinence au méfiant Louis XIII, et de raviver ses griefs contre Chantal. Que peut-on attendre en vérité de l'ami d'un Chalais, d'un homme condamné lui-même à mort par contumace ? Ce n'est pas en raillant sans cesse que Celse-Bénigne regagnera du crédit auprès du roi.

C'est comme pour sa présence à la cour. Monseigneur Frémyot, bien que converti, y est retourné. « Oui, il se déplaît dans le tracas du monde, assure-t-il, mais il y va en guise de pénitence, pour expier ses fautes passées », et il certifie aux Coulanges que son neveu est assidu auprès du roi. Marie cette fois ne croit pas le bon oncle. Elle est persuadée qu'il ment pour rassurer sa famille. Les absences de Celse-Bénigne pour raisons de service, elle sait ce que cela vaut !

Alors, accablée de solitude et de déplaisirs, de manque d'amour, de pertes de sang qu'elle cache soigneusement, Marie se tourne vers la merveille qui lui vient de naître, Marie de Rabutin-Chantal. A ce bout de femme, qui est sienne, elle va se confier, écrire ses peines, les riens de chaque journée, ses craintes de l'avenir, ses rêves insensés, son espoir impossible de revoir un jour le superbe cavalier amené par la pluie, dont les yeux brillaient si fort et qui lui faisait le plus élégant des saluts.

Oui, écrire à sa fille la sauvera. Un peu apaisée, Marie prend l'écritoire en cuivre de son frère Christophe.

15.

Rencontre et duel

Cette fois, à coup sûr, la jeune femme va rencontrer sa belle-mère.

Puisqu'elle ne vient pas à Paris, c'est Marie qui se déplacera. Pour tenir compte des occupations pressantes de Jeanne de Chantal, on a décidé de profiter de la halte qu'elle ferait chez sa fille, en revenant d'un grand voyage dans ses couvents de Pont-à-Mousson et de Dijon.

Mme de Coulanges ne veut pas manquer cette rencontre avec une religieuse qu'elle vénère. Elle accompagne donc Celse-Bénigne et sa femme à leur départ pour Alonne, la demeure des Toulongeon. Il a fallu laisser à Paris la petite Rabutin-Chantal, la Cantaline, comme on l'appelle affectueusement. Elle supporterait mal le déplacement, alors que, Place Royale, sa nourrice et Lisa s'en occuperont à merveille. Marie le sait, mais cela lui coûte de laisser l'enfant. Surtout pour aller voir sa belle-famille.

On est à la fin de septembre 1626. La campagne bourguignonne offre aux voyageurs les couleurs rouges et dorées de ses forêts, les lignes molles et douces de ses collines, ses champs encore verts. Mais la jeune femme n'est pas sensible à ces charmes. Paris lui suffit. Et Alonne n'évoque pour elle que le mauvais souvenir de la fuite de Celse-Bénigne après son duel de Pâques et sa condamnation à mort. En elle se réveille aussi, elle le sent, sa vieille peur de rencontrer la fameuse belle-mère.

Jeanne de Chantal, avant Alonne, s'est arrêtée huit jours au couvent d'Autun, dont la fondation est récente. Françoise l'y a rejointe et y a séjourné avec elle. C'est donc en parfaite complicité que la mère et la fille arrivent dans leur château, juste à temps pour recevoir les voyageurs.

Or, beaucoup de gens de la région, informés de la venue de l'illustre religieuse, affluent en masse pour la voir et entendre ses pieux conseils. Il n'en faut pas plus pour que Marie, déjà inquiète, se trouve, à son arrivée, perdue dans cette cohue, ignorée, méprisée. Non pas la femme du fils, la mère de la petite-fille, mais une intruse !

Dans le salon d'Alonne, bondé, Mme de Coulanges se pousse aux premiers rangs pour écouter la visitandine parler de la bonté de Dieu, de sa Providence, des mérites de ses chères filles de la Visitation répandues maintenant à travers le royaume.

Captivée, buvant les paroles de Jeanne, elle en oublie sa propre fille. Assise au fond de la pièce, celle-ci se sent abandonnée, regrette d'être venue et souffre de s'être séparée de son enfant chérie.

Le reste du séjour, fort court, se passe de la même manière. A peine quelques protestations conventionnelles de bienvenue, quelques souhaits banals, quelques vœux pieux. Si Françoise, Marie et sa mère se retrouvent par hasard en petit comité, Jeanne de Chantal, soucieuse de ses responsabilités de religieuse, leur parle encore de ses monastères, avec toutefois plus de jovialité. Ou bien, s'adressant particulièrement aux deux jeunes femmes, elle égrène leurs devoirs envers leurs enfants, leur nécessaire soumission à leurs maris. Elle n'a pas l'intention d'être lointaine ou froide avec Marie. Sûrement pas. Mais elle vit dans son monde, son monde de visitandine, et ne peut soupçonner à aucun moment l'état d'esprit de sa visiteuse.

Celse-Bénigne ne saurait apporter d'aide à son épouse. Son principal souci est de fuir le château investi par la tribu des femmes de sa famille – mère, belle-mère, femme, sœur –, pour profiter de la saison de la chasse et courir seul, puisque Toulongeon n'est pas là, à cheval dans les bois.

Le jour du départ arrive. Les belles-sœurs, sous l'œil attentif de Jeanne, se font d'ostensibles protestations d'amitié. Puis la mère de Chantal monte dans le carrosse de sa belle-fille. Elle retourne au monastère d'Autun, mais avec un détour par Monthelon, non loin d'Alonne, à quelques deux lieues et demie à l'ouest d'Autun. C'est une terre des Rabutin, que Marie aura ainsi le plaisir de connaître. Celse-Bénigne, parti en avant, doit les y attendre.

Françoise a mis à la disposition de sa mère une voiture qui suivra le carrosse des Coulanges et lui servira pour le reste de son voyage. Enfin un instant possible d'intimité entre Jeanne de Chantal et sa belle-fille, puisque seules Mme de Coulanges et Madeleine de Chaugy partagent leur carrosse.

Ce pourrait être l'occasion pour la religieuse de dire quelques mots affectueux à la jeune femme et pour elle d'y répondre sans crainte. L'occasion peut-être aussi pour la belle-mère de se réjouir du passage à Monthelon, le berceau des Rabutin, et d'introniser Marie solennellement dans la famille. Non pas.

Au moment de prendre l'embranchement vers Monthelon, Jeanne de Chantal, soudain, fait arrêter le cocher. Prétextant l'urgence de ses occupations à Autun, qui l'obligent, dit-elle, à s'y rendre sans perdre de temps et sans faire le détour prévu, elle salue brièvement Mme de Coulanges et sa fille, descend de leur carrosse et monte dans l'autre voiture.

Ahurie, Madeleine de Chaugy la suit, aussi vite qu'elle le peut.

— Que vous arrive-t-il ? ne peut-elle s'empêcher de demander à Jeanne, une fois installée. Pourquoi ce changement ? Pourquoi supprimer l'étape à Monthelon ? Si vous aviez vu la tête surprise et peinée de la jeune femme...

Pas de réponse.

— Pour la mère, poursuit Madeleine, elle n'a pas bronché. Visiblement elle dit « Amen » à tout ce que vous faites.

— Ma bonne, répond Jeanne au bout de quelques minutes, aller à Monthelon ne servirait qu'à me procurer un plaisir inutile, et me causerait mille distractions de vanité. Pour moi, les choses de ce monde ne comptent plus.

— Certes, certes, lui concède Madeleine. Pourtant vous avez quitté bien brusquement cette bonne et belle fille qui a fait un si long voyage pour venir vous voir.

Et devant le silence de Jeanne, elle marmonne :

— Ah, il ne fait pas bon être la belle-fille d'une sainte !

Le mariage de son frère aîné, en novembre, fait prendre conscience à Marie de l'échec du sien. Philippe et Marie d'Ormesson, voilà des mariés assortis ! Elle n'a pas de dot ni de fortune mirobolantes, ni lui d'ancêtres remontant aux Croisades ! Mais les Coulanges et les d'Ormesson se ressemblent, même si les uns sont plus riches, et les autres de robe. L'hôtel des d'Ormesson est proche de la Place Royale, leur maison de campagne proche de Sucy. Chez eux, on privilégie les valeurs de la famille et du travail, et l'on blâme les folies des nobles désargentés qui se croient tout permis et vont, à la pointe de l'épée, chercher la mort au nom d'un prétendu code d'honneur.

En guère plus de trois ans, Marie – et son père – ont appris ce qu'il en coûte d'épouser un de ces fils de famille.

L'épouse de Philippe a un air paisible et intelligent.

— Elle ne rechignera certainement pas dans la vie à remplir son devoir d'épouse et de mère, affirme avec satisfaction Mme de Coulanges à ses amies du Marais.

Surprise. Une lettre de Toiras arrive au baron et à la baronne de Chantal. Il a appris le mariage de Philippe de Coulanges par son frère Claude, l'évêque, l'ami de Monseigneur Frémyot, et tient à les féliciter pour cette nouvelle alliance. Décidément le monde est petit, et les d'Ormesson fort estimés dans la capitale.

Par ailleurs, les nouvelles que donne Jean ne sont pas bonnes. Depuis octobre, la menace de l'intervention anglaise se précise. Leur armement s'accélère. Les huguenots rochelais se préparent à les seconder. Ils harcèlent leurs concitoyens royalistes, multiplient leurs prises de butin. Le roi a écrit à Toiras pour le remercier de sa vigilance et de ses soins. Mais l'affrontement sera dur.

Ces bruits de guerre laissent Celse-Bénigne indifférent. Depuis l'exécution de Chalais, il ne va pas bien et se laisse impressionner par les rêves pénibles qui l'assaillent.

Souvent il réveille Marie en hurlant de terreur :

— A l'aide ! Chalais me soulève par les épaules, il veut me jeter à bas de mon lit.

Et comme Marie cherche à le calmer, Celse-Bénigne lui répond, les yeux égarés, les mains tremblantes :

— Je vous assure, ma chère, Chalais me parle, je reconnais sa voix, il me dit : « Prépare-toi, Chantal, il faut venir. » Je l'aimais, oui, beaucoup, et je veux continuer à le faire vivre dans ma mémoire, mais je ne veux pas le suivre au tombeau.

Et se dressant tout à coup, dépliant sa haute taille, Celse-Bénigne crie en agitant les bras :

— Je ne veux pas le suivre au tombeau, non, non, je n'irai pas encore.

Lisa, au courant de ces scènes pénibles, engage le baron à laisser la jeune femme dormir en paix. Il prendra non pas la chambre de la « quarantaine », en haut de la maison, mais une chambre au même étage que celle de sa femme, un peu éloignée toutefois. Les réveils nocturnes continuent de plus belle. Le valet chargé de surveiller Celse-Bénigne le voit souvent se débattre et protester.

Une nuit, il entend un grand bruit. Il accourt, allume une chandelle et trouve son maître à demi mort de frayeur :

— L'esprit de mon ami a frappé un grand coup. Il veut que je le suive.

En réalité, Celse-Bénigne est perpétuellement mal à l'aise. Quand il va à la cour, il sent, comme palpable, l'animosité du roi. Chez lui, celle de son beau-père. Sa mère – quand elle lui écrit – se contente de ses formules saintes et vagues. Comme en ce début de 1627. Rien qui le réconforte.

De son côté, Marie, lassée du silence épistolaire de sa belle-mère, prend un malin plaisir à l'imiter.

De retour d'Alonne, elle va chez Monseigneur Frémyot apporter les lettres que Jeanne de Chantal lui a confiées pour lui. Sans allusion aucune à sa déception bourguignonne, elle l'assure au contraire qu'elle est parfaitement satisfaite de sa visite à la mère de Chantal, et le prie de bien vouloir le dire à sa sœur. Ainsi se débarrasse-t-elle d'une ennuyeuse lettre de remerciements.

En revanche elle saisit l'occasion que lui donne son

époux de répondre à Jean de Toiras. Ecrire à sa toute petite fille, c'est bien. Ecrire au gouverneur de l'Aunis, à l'homme qui ne quitte plus guère ses pensées, c'est plus exaltant.

A cause de lui, elle s'intéresse de près à la lutte entre catholiques et protestants, Anglais et Français. Elle glane de la conversation paternelle tous les renseignements possibles sur cette situation critique, frémit quand elle apprend que les Rochelais ont demandé à Charles Ier de détruire le Fort Louis *manu militari*. Elle a compris l'importance de Ré, et que seule la possession de l'île permettra aux Anglais de secourir efficacement La Rochelle. Alors elle se sent capable d'écrire à l'homme de guerre autre chose que des banalités.

En réponse à sa lettre, Toiras explique que trois furies sont acharnées à rompre la paix entre France et Angleterre. L'ambition de Buckingham, qui, non content de se proclamer le plus séduisant des ducs, veut aussi montrer sa valeur à la guerre, l'appel au secours des Rochelais à leurs frères anglicans, et la félonie de Soubise qui va les guider dans des régions qu'il connaît parfaitement.

En le lisant, Marie s'inquiète de la reprise de la guerre et du sort qui sera réservé à Toiras. En même temps, elle est fière. Jean voit bien que c'est elle qui écrit, et non Celse-Bénigne. Pourtant il donne en réponse toutes ces explications. C'est donc qu'il la juge digne de les comprendre...

Rentré en France malgré l'interdiction du roi, le comte de Boutteville entend reprendre son activité de duelliste. Dix-neuf duels sanglants à vingt-quatre ans, vingt-deux à vingt-sept ans, il ne compte pas s'arrêter en si bon chemin. Le duel avec d'Elbeuf n'a pas eu lieu. Qu'à cela ne tienne !

« Si vous voulez vous battre, allez arracher un poil à la barbe de Boutteville, il vous fera passer votre envie », dit-on communément.

Pour l'heure, le marquis de Beuvron veut venger la mort de Thorigny, une victime du comte. Il lui adresse des cartels, le rencontre en secret et lui propose de mener le combat à deux seulement, en un lieu discret. Mais le matamore riposte :

— Pas question. Je veux que le soleil soit témoin de mon action. Et puis j'ai un ami qui veut être de la partie. Si je ne le prends pas, ricane-t-il, j'aurai affaire à lui. Nous nous battrons donc, conclut-il. A midi. Place Royale, à Paris. N'oubliez pas d'amener un de vos amis.

Et le 12 mai, pour mettre le comble à leur audace, les adversaires se campent sous les fenêtres mêmes du pavillon du Roi.

Très vite, après quelques pointes, Boutteville et Beuvron constatent que le sang a coulé et que leur honneur est sauf. Bizarrement leurs seconds, Bussy d'Amboise et Des Chapelles, réputés « beaux chercheurs de noise », continuent de se battre. Comme pris de folie. Bussy d'Amboise est tué. Les autres sont saisis de panique.

C'est alors que Rabutin-Chantal, averti par son ami de la rencontre, intervient. D'une fenêtre de l'hôtel de Coulanges, il a suivi le duel. Il voit son ami désemparé. La foule commence à s'amasser. Les sergents du Châtelet ne vont pas tarder. Avec précaution, il ouvre la porte de l'hôtel qui donne sur la Place Royale, sous les arcades. Il conduit rapidement Boutteville dans la cour, à l'arrière de la maison. Là il le laisse reprendre souffle, ordonne à Du Verger, qui n'est jamais bien loin, de tenir prêt à partir un cheval frais, et de se poster avec lui rue Royale. Après avoir bu un peu d'eau-de-vie, le duelliste se ressaisit. Chantal le fait aller, par un dédale de corridors étroits, à la porte de la rue Royale. Du Verger est là, avec un cheval noir. Boutteville l'enfourche et s'enfuit à toute allure.

— Qu'avez-vous fait, Monsieur ? s'exclame Coulanges, courroucé.

Quand il a découvert les combattants quasi sous ses fenêtres avec ce diable de Boutteville à leur tête, et qu'il a vu Bussy d'Amboise mourant dans son sang sur la Place, le financier a deviné la suite de l'affaire.

— Ce Boutteville, votre ami, continue-t-il en pestant, quelle plaie, quel déshonneur pour ma famille ! Et vous-même...

Il a convoqué son gendre dans son bureau du premier étage. Il a grand-peine à contenir sa fureur.

— Vous ne vous imaginez pas, Monsieur, que ce scélérat va échapper encore à la justice royale. Vous pensez, un récidiviste ! Sa condamnation est certaine. Et quand je pense que c'est vous, mon gendre, qui avez donné à cet homme damné le moyen de s'enfuir. Un cheval ! qui plus est un cheval de mes écuries ! Vous voilà dans de beaux draps, et ma famille avec vous.

De fait, Boutteville qui s'est enfui à Vitry où son second, Des Chapelles, l'a rejoint, est bientôt rattrapé par les gendarmes du roi. Arrêtés, les deux hommes sont ramenés à Paris, un mois après le duel. Ils ont la tête tranchée en place de Grève, le 22 juin. Selon la volonté de Louis XIII, leurs corps décapités sont portés en carrosse à l'hôtel d'Angoulême et allongés sur une table de la grande salle de cet hôtel. Pour servir d'exemples.

Alors les jours se traînent, misérables.

Celse-Bénigne se terre dans la maison, toujours en proie à ses fantômes de la nuit. Quant à Marie, la honte et la peur la submergent. Qu'arrivera-t-il ? Son père surmontera-il la fureur que lui inspire désormais son gendre ? Pour la première fois depuis qu'il a acheté Montaleau, il n'y a pas emmené sa famille pour l'été. Et toute joie semble morte dans la belle demeure de la Place Royale. Par la faute de son époux... Dans sa candeur, Marie se désole pour lui. Que va-t-il devenir ?

Et puis, au hasard d'une visite à Monseigneur Frémyot, elle apprend que Celse-Bénigne a pressé son oncle de lui donner plus d'argent, s'est irrité que ses dettes ne soient pas payées, que sa rente soit trop faible.

— Tout juste s'il n'a pas réclamé que je meure pour avoir tout de suite ma succession, geint le bon archevêque. Et pourtant je mets de côté de l'argent pour constituer une rente au fils que vous aurez un jour, je n'en doute pas... Les reproches de mon neveu sont injustes. En outre, je déteste agir sous la contrainte !

Marie est atterrée. De retour chez elle, la rage la prend. Son époux, pour de l'argent, a bousculé ce vieillard ! En vérité, Celse-Bénigne est un moins que rien. La seule chose qui l'intéresse, c'est de pouvoir dépenser... C'en est trop.

Elle regarde sa fille que sa nourrice a couchée après son repas et qui dort calmement, et s'écroule sur son lit, en pleurs. Quel sera le sort de son enfant bien-aimée ?

Ah, si elle pouvait échapper aux tracas des dots, des dettes, des héritages ! Si elle pouvait être différente de son gaspilleur de père !

16.

Morts dans l'île

Très vite, dès le 30 juin, on sait à Paris que la flotte anglaise a pris la mer.

Depuis un certain temps déjà, le gouvernement de Charles Ier fait saisir les vaisseaux français qui s'aventurent loin des côtes. Maintenant, c'est une flotte importante de quatre-vingt-dix-huit navires, quatre mille marins, autant de cavaliers et de fantassins, avec un grand nombre de canons, qui part de Portsmouth vers la France. Quel point de la côte va-t-elle attaquer ?

Selon le manifeste de Buckingham, adressé au même moment à Louis XIII, l'expédition a pour but de porter secours aux protestants français opprimés par le roi de France. Par conséquent il y a gros à parier que les Anglais se dirigent vers les Rochelais, selon eux les plus menacés. Et donc d'abord vers l'île de Ré.

Toiras se tient prêt à subir leur assaut.

Il a confiance dans sa valeur à la guerre et ne perd pas son humour. A un soldat qui lui demande un congé pour rentrer au pays soigner son père malade, il réplique, moqueur :

— Va, mon ami, va. Tes père et mère honoreras... afin de vivre longuement !

Mais sa situation est critique. Sa garnison, répartie entre les deux forts, n'atteint pas les trois mille hommes. Alors, dans la capitale, s'installe un climat mitigé fait de panique et d'enthousiasme guerrier. Les gentilshommes mènent le ban : « Les Anglais risquent de nous battre. Nous devons partir soutenir les combattants de l'île. »

Bagarreur dans l'âme, Rabutin-Chantal n'est pas insensible à cet élan. Et puis, personnellement, il voit, en s'engageant dans cette entreprise, la possibilité d'échapper au courroux du roi, et chez lui au courroux de son beau-père. S'il participe à la victoire sur les Anglais, tout lui sera pardonné, les duels, Boutteville, Chalais, ses maladresses et ses dépenses inconsidérées. En l'accueillant parmi ses hommes, Toiras sera pour lui, une fois de plus, le recours bienfaisant.

Chantal lui écrit qu'il fait partie des volontaires qu'on envoie dans l'île et qu'il souhaite être commandé par lui « pour courir avec lui même risque et même fortune ». Des amis de Toiras s'engagent aussi, Navailles, Bussac, bien d'autres.

A court d'argent comme toujours, Celse-Bénigne n'a pas les moyens de payer son équipement. Cette fois M. de Coulanges ne refuse pas de mettre la main à la poche. Au contraire. Il est ravi. Il se félicite du départ à l'armée de son gendre. Cela vaut bien quelques milliers de livres !

Marie ne peut s'empêcher d'être émue de ce départ. Les armes, les batailles lui font peur. En même temps, elle voit que son époux reprend goût à la vie. Foin du marasme dans lequel il risquait de s'enliser ! Toiras, malgré ses responsabilités, lui a tout de suite répondu un mot cordial. L'a nommé en premier dans la liste des volontaires qu'il attend. Bref, Celse-Bénigne relève la tête. Sa femme s'en réjouit pour lui.

Ecoutant son bon cœur, elle écrit à sa belle-mère que son fils part à la guerre pour l'île de Ré, dans un corps de volontaires. Elle l'écrit aussi à l'oncle Frémyot, qui, marri de n'avoir pas obtenu l'évêché de Lyon qu'il convoitait, s'occupe à Annecy des affaires de la Visitation. Toujours insouciant et égoïste, Celse-Bénigne ne les a pas prévenus de son départ. Pardieu ! Il ne voulait pas perdre ses derniers moments de liberté à écrire aux deux personnes qui tiennent tant à lui... Il préférait les passer en taverne à fêter, avec des gens de rencontre, son engagement militaire.

On ne le changera jamais, se dit Marie. Oh, elle s'inquiète pour lui ! Mais elle ne parvient pas à effacer les déplaisirs qu'il lui a infligés, ses trahisons, ses dépenses, ses absences continuelles, ses folies, ses duels. Il a de la séduction – quand il veut. De l'esprit – s'il souhaite s'en donner la peine. C'est insuffisant pour rendre une femme heureuse.

Peu à peu, l'inconnu qui a charmé Marie un jour de printemps cède le pas à l'époux qui l'a déçue. Il y a beau temps que le jeune homme de la gloriette a disparu. Elle ne lui veut que du bien, certes. N'est-il pas le père de sa fille chérie ?

Mais en son for intérieur, elle garde l'imagination et le cœur tournés vers le guerrier fameux et le responsable courageux de l'île de Ré. Comme le feraient ses chères héroïnes de *l'Astrée*.

Une fois aux Sables-d'Olonne, les Anglais mettent le cap sur Ré. Sous le commandement de Buckingham, le 20 juillet, à six heures du matin, douze de leurs voiles, puis vingt, puis vingt-six, apparaissent au large de l'île. Buckingham garde constamment Soubise auprès de lui. Il ne saurait avoir ici de meilleur guide.

Tandis que certains de leurs vaisseaux descendent vers Ars pour menacer la partie ouest de l'île, les Anglais organisent un tir effroyable et incessant de leurs deux mille pièces de canon sur les forts de La Prée et de Saint-Martin. Les préparatifs de Toiras et de Richelieu pour résister à une attaque ennemie paraissent en comparaison dérisoires. Le soir, à la marée, sur le conseil de Soubise, une partie des Anglais décide de débarquer à la pointe de Sablanceaux, la plus à l'est de l'île. Ils veulent attirer les Français sur ce bout de terre minuscule pour mieux les canonner.

Avant de marcher vers eux, Toiras renforce ses positions. Il place cinq compagnies à Saint-Martin, une à l'anse de Loix, quatre à Ars. Il divise ensuite sa cavalerie en quatre escadrons, met son ami Chantal à la tête du premier, son neveu, l'un de ses frères et le lieutenant de ses chevau-légers à la tête des autres.

Puis, le 22, un jeudi, jour de la Sainte-Madeleine, il s'avance vers Sablanceaux. Mais il ne dispose que de trois cents chevaux et de sept cents fantassins. Les forces sont par trop inégales. « Les Français, malgré leur courage, sont hors de combat avant que d'y être », murmure un officier hollandais, qui les suit en observateur.

Six heures durant, dans de petites dunes de sable malcommodes, ils tentent de résister au débarquement des Anglais.

Mission impossible.

Le sable des dunes gêne considérablement les chevaux. Quand l'infanterie donne, la cavalerie ne parvient pas à la soutenir. Les canons des vaisseaux ennemis, qui n'arrêtent plus de tirer sur Sablanceaux, produisent un nuage de fumée insoutenable, au point que Toiras doit parfois agiter son mouchoir pour diriger ses hommes. Ils causent aussi des pertes considérables dans les rangs français. Et lorsque les Anglais posent le pied sur le sol de l'île, les défenseurs sont déjà décimés.

Malgré leur acharnement, les combattants, qui ne disposent ni de cavalerie efficace ni d'artillerie, en sont bientôt réduits au corps à corps. Ils se battent au pistolet, à l'épée, à mains nues parfois. Et dans cette sorte de combat, le nombre, à la longue, est déterminant.

Vaillants sans pouvoir être victorieux, les soldats français sont stupéfaits de voir tant de morts. Leur hardiesse se change en frayeur. Toiras comprend qu'il est inutile de continuer la lutte sur ce bout de terre. Il faut sauver ce qui peut l'être. Et reculer, avec ce qui lui reste de soldats, jusqu'au fort Saint-Martin, où se trouvent ses réserves. Soixante-cinq rescapés se réfugient avec lui dans la citadelle. Une cinquantaine d'officiers ont péri dans ce combat meurtrier.

Bouleversé, il s'aperçoit que son frère Restencleires, capitaine aux gardes, et le baron de Rabutin-Chantal sont manquants.

Le lendemain, il envoie un page et un trompette demander à Buckingham « les corps de ces deux personnes de qualité ». Buckingham les lui accorde, moyennant l'élargissement de cinq prisonniers anglais. Il donne vingt jacobus au page et dix au trompette.

A la nuit tombée, une charrette à cheval amène les deux cadavres. Toiras et son frère Montferrier vont les veiller dans le fort toute la nuit. Inlassablement le gouverneur tourne et retourne dans sa tête les phases du débarquement anglais. De temps en temps, il s'interroge à voix haute.

— Ai-je mis trop de temps pour gagner la pointe de Sablanceaux ? Aurait-il fallu ne pas m'occuper d'abord de garnir les forts ? Cela n'aurait rien changé au nombre des canons ni des assaillants. Et j'ai été bien aise, après la défaite, de trouver à Saint-Martin une garnison à l'abri.

Il est obligé de le reconnaître. Soubise a été très habile en conseillant aux Anglais de canonner d'abord les deux forts, puis, juste après, d'attirer les Français dans cette pointe de terre minuscule. De quoi ne plus savoir où donner de la tête. Pourtant, les Anglais cherchaient à débarquer. C'étaient donc eux qui étaient en position d'infériorité, pas nous. Alors ? Quelle erreur ai-je commise ?

Montferrier le laisse soliloquer. Il est accablé de la mort de leur frère Restencleires. Il pense aussi que Jean n'a pas de reproches à se faire. Tous les rescapés murmurent que le combat était trop inégal.

Toiras ne peut fermer l'œil. Sans tarder, songe-t-il, il me faudra faire embaumer les corps, et les enterrer côte à côte dans la cour de la citadelle.

Il regarde Celse-Bénigne. Qu'il paraît jeune ! La mort n'a pas abîmé son visage. Le boulet qui l'a tué a touché son torse et son épaule gauche. Dire que c'est à cause de moi qu'il est venu dans cette île maudite ! De moi qui tâchais toujours de lui sauver la mise, de l'aider dans sa carrière. Je croyais l'aider encore, le laver de ses vilaines histoires avec Boutteville, et je n'ai servi qu'à le tuer !

Il y pense tout à coup. C'est moi qui vais devoir annoncer sa mort à sa femme... Lui faire du mal à elle ! Elle que j'aime, à qui je pense sans cesse. Hélas ! Comment m'y prendre ?

Il entend le bruit des vagues. La marée monte. Isolé dans ce fort qu'il a fait édifier, il réfléchit. Du Verger, l'écuyer de Chantal, a ramené le cheval de son maître sain et sauf, de Sablanceaux à Saint-Martin. Il se débrouillera pour partir, chevaucher jusqu'à Paris, donner à la jeune femme une lettre de moi. Au besoin, Buckingham fermera les yeux sur cette équipée, j'en suis sûr. Entre grands seigneurs...

Quoi encore ? Eh bien, oui, ce qu'on fait justement pour les grands seigneurs et pour les rois... L'écuyer portera le cœur de son maître embaumé dans une urne, et le donnera à la veuve.

Malgré la chaleur de cette nuit de juillet, Jean frissonne.

Alors il se lève, demande à l'un de ses valets de l'encre et du papier, et, à la lueur des cierges mortuaires qui encadrent les deux cadavres, il griffonne pour Marie le billet le plus fervent, le plus tendre, le plus désespéré qu'il ait jamais écrit. Tremblant de fatigue, de tristesse et de désir, il revoit la gracieuse apparition qu'il ne parvient pas à oublier, et tombe dans une profonde rêverie. Allons, se gourmande-t-il, ce n'est vraiment pas le moment !

Il se reprend. Un an seulement ! Il était nommé gouverneur de l'Aunis. Le voici maintenant enfermé dans cette citadelle assiégée par les Anglais, avec les cadavres de son frère et de son ami, là. Et tant de ses hommes morts, plus à l'est, dans le sable. Buckingham est habile. Il ne va pas risquer un assaut, trop dangereux pour les siens. Il va pratiquer une guerre d'usure. Pour nous obliger à nous rendre, il compte sur l'épuisement de nos vivres. Bien joué !

La chaleur de cette fin de juillet a pesé tout le jour sur la Place Royale.

Vers six heures du soir, pour prendre le frais, Marie fait quelques pas avec Lisa sous les arcades, devant l'hôtel de Coulanges. Quelques oisifs s'attardent sur les pelouses, des cavaliers passent, l'allure nonchalante.

Soudain elle voit s'avancer vers elle un homme à la démarche lasse, aux vêtements sales, un petit coffret à la main. Il tient un cheval par la bride. Elle regarde attentivement l'animal, sa robe de couleur blanche tachée de brun.

Elle pousse un cri.

— Mais c'est le cheval de Celse-Bénigne !

Alors elle reconnaît l'homme. Du Verger. Elle comprend.

Lisa fait entrer sa maîtresse et l'écuyer dans la maison. En un instant, les Coulanges, grands et petits, se rassemblent autour d'eux dans la salle. D'abord on entend un concert d'exclamations, de questions, de cris. Puis la consternation, le silence. Parents, frères et sœur sont effondrés. M. de Coulanges était mécontent de son gendre. Tout de même... Mourir à trente et un ans, quelle pitié !

Par bonheur la fille de Marie est restée avec sa nourrice au deuxième étage, où elle prend son repas du soir. Au premier cependant, dans la grande salle, beaucoup ne peuvent retenir leurs larmes. Du Verger, les yeux battus, reprend son souffle, laisse passer un moment. Puis, solennellement, il tend à Marie le coffret qu'il n'a pas cessé de serrer contre sa poitrine.

— Je vous l'ai apporté, Madame la baronne. Depuis l'île de Ré. Il contient l'urne où M. le gouverneur de Toiras a fait déposer le cœur embaumé de votre époux.

Marie, à bout de nerfs, ouvre le coffret. Elle y trouve une petite urne de marbre blanc. Elle retient à grand-peine un geste de répulsion. Elle n'en veut pas, de cette urne maudite. Ce n'est pas possible ! Ce n'est pas le cœur de Celse-Bénigne qui est là-dedans, le cœur du jeune homme de la gloriette, de celui qui la faisait rire de ses pitreries !

Dans un brouillard, elle entend sa mère décréter d'une voix émue mais décidée :

— M. le gouverneur de Toiras a sagement agi. Comme le cœur des grands et des princes, celui du baron de Rabutin-Chantal sera pieusement révéré. Il sera porté dans la chapelle du couvent des Minimes, Place Royale, non loin d'ici. Et, dans cette chapelle, nous ferons édifier une stèle à sa mémoire.

L'émotion retombe. On redescend sur terre. Un à un, les domestiques quittent la pièce, puis les enfants et leurs parents. Quand il ne reste plus que Marie et Lisa, Du Verger prend dans la poche de sa casaque, horriblement salie, un billet. Il le tend à la jeune femme et lui dit :

— De la part de M. le gouverneur de Toiras.

Tandis qu'il se retire pour se laver et se restaurer, Lisa accompagne Marie dans sa chambre. Elle la soutient de son mieux, la déshabille elle-même, lui met des compresses d'eau de fleur d'oranger sur le visage, lui fait boire une tisane de passiflore mêlée de valériane, la laisse enfin.

Une heure après, elle revient la voir. Elle trouve Marie endormie, les traits apaisés. La jeune femme serre dans sa main droite un billet, le billet de Jean de Toiras.

17.

Lettres, encore

« C'est moi qui, le 14 août, ai reçu la nouvelle de la mort de mon neveu bien-aimé. Je me trouvais de nouveau à Annecy pour m'occuper des affaires de la canonisation de François de Sales. La mère de Chantal s'y employait plus activement que jamais.

Quand cette atroce nouvelle me parvint, je sentis que je n'avais pas le courage de la dire à ma sœur. Je demandai au frère de François de Sales, évêque lui aussi, et qui se trouvait à Annecy, de s'en charger. Il accepta. Il choisit le lendemain, fête de l'Assomption de la Vierge, pour le faire. Nous espérions que les grâces attachées à cette fête adouciraient le chagrin de la malheureuse mère.

Point n'était besoin de privilégier cette fête. Ma sœur montra en cette occasion, comme à son habitude, son extraordinaire force d'âme. Jean-François de Sales n'eut pas plutôt dit : “Ma mère, nous avons des nouvelles de la guerre. Il s'est donné un rude choc en l'île de Ré. Le baron de Chantal, avant d'y aller, a entendu la sainte messe, s'est confessé et a communié”, que Jeanne sans faiblir, a continué : “Et enfin, monseigneur, il est mort.”

Alors, prenant un crucifix, cette femme forte, tranquille au milieu des sanglots de ceux qui l'entouraient, se soumit d'une voix haute à la volonté de Dieu. Mieux, elle lui rendit grâce. Puisqu'Il faisait à son fils unique l'honneur de le prendre alors qu'il combattait pour l'Eglise catholique et romaine. Et se tournant vers la mère de Chaugy, elle récita avec elle un fervent *De Profundis.* »

Marie ne peut s'empêcher de verser une larme en lisant la lettre de Monseigneur Frémyot. Elle se tourne vers Lisa, assise près d'elle :

— Quelle force de caractère chez ma belle-mère ! Une femme qui perd son fils unique, et qui garde foi en la Providence !

Elle reste rêveuse un moment – Lisa respecte son silence –, puis elle prend une seconde lettre dans le paquet qu'on vient de lui apporter.

Elle l'ouvre et son cœur se serre. C'est une lettre adressée à son époux, et qu'il ne lira jamais.

De sa mère, justement. Datée du mois de juillet, sans précision du jour. Peut-être du jour même de la mort de Celse-Bénigne. Affreux !

Elle la lit. Après quelques reproches au jeune homme sur sa conduite désinvolte envers son bon oncle, ce sont des souhaits pour sa conservation à la guerre – elle a su par Marie qu'il s'y était engagé – et des réflexions sur la vie éternelle.

Mais banales, comme on pourrait les adresser à n'importe qui. Le doute s'insinue chez la jeune femme. Ce ton détaché, est-ce celui que l'on prend en écrivant à un fils unique en danger de mort ? Une certaine indifférence n'expliquerait-elle pas que Jeanne de Chantal ait eu tant de force d'âme en apprenant la fin de Celse-Bénigne ? Comme autrefois quand elle faisait fi de ses larmes et enjambait pour partir le corps de l'adolescent... Marie chasse vite cette pensée mesquine. Après tout, sa belle-mère n'est pas une femme ordinaire. Ni une mère abusive, et c'est tant mieux.

Sans un mot, elle ouvre la troisième lettre. De la mère de Chantal, encore, écrite avant la mort de Celse-Bénigne, mais adressée cette fois à elle-même. Jeanne remercie la jeune femme de l'avoir avertie du départ de son fils à Ré. Son frère n'arrêtait pas de se plaindre que, comme à l'ordinaire, on ne savait où il était... Et puis, après quelques considérations générales sur les incertitudes des combats et les hasards de la guerre, elle termine en parlant de « la fille de la pauvre Claudine ».

Claudine, c'est l'enfant adultérin de son mari Christophe. Si Jeanne en parle à sa belle-fille, ce n'est pas pour fulminer contre les trahisons des maris. Ni contre cette preuve manifeste des fautes de son propre époux. Non, elle est au-dessus de cela, et non contente d'avoir pardonné à l'infidèle, elle se préoccupe du sort de Geneviève, la fille de Claudine.

Elle lui cherche un établissement. Mais ce ne peut être, dans l'esprit de la baronne, qu'une place de domestique ! Puisque Mme de Coulanges, lors de son passage à Alonne, a manifesté le besoin qu'avait sa belle-fille d'Ormesson d'une bonne à tout faire sérieuse, Jeanne de Chantal lui a proposé Geneviève, « une personne bien nourrie dans la crainte de Dieu ». Cette petite, écrit-elle, est en ce moment chez sa fille Françoise. Il est facile de la faire venir d'Alonne à Paris.

Brusquement l'angoisse de Marie se dissipe : dans l'ambiance de mort, de trépas chrétien, de glorieuse immortalité, de souhaits d'une félicité éternelle qui l'étouffe depuis des jours et des jours, parler d'une domestique lui paraît dérisoire. Et l'emploi choisi par sa belle-mère pour celle qui est en fait la petite-fille de son mari lui paraît mesquin. Condamner cette enfant de douze ans, une Rabutin après tout, au sort si pénible de servante... !

— Vous vous souvenez, ma bonne, dit Marie en se

tournant vers Lisa, de ma rencontre à Alonne avec ma belle-mère. Je vous l'ai racontée.

— Vous étiez très déçue.

— Oui. C'était la première fois que je la voyais, et je l'ai trouvée si lointaine, si peu accueillante... Eh bien, poursuit-elle avec amertume, cette rencontre aura du moins servi à trouver une place pour une bâtarde, et à résoudre les difficultés ancillaires de ma propre famille !

Elle se trouble, les larmes lui montent aux yeux. Lisa lui prend la main.

— Allons, ressaisissez-vous, ma douce. N'en faites pas une affaire.

Marie tente de se reprendre. Elle est nerveuse, peut-être injuste envers Jeanne de Chantal. Quand elle lui a écrit, la bonne dame savait son fils à la guerre, elle ne savait pas encore qu'il était mort.

— Vous avez raison, murmure-t-elle à Lisa, d'une voix triste. Et puis, disons comme Celse-Bénigne autrefois, « Glissons sur ces pensées ! »

Le terrible pour Marie, c'est d'être sans nouvelles de Jean, assiégé dans son fort de Saint-Martin.

Les rumeurs les plus fantaisistes circulent dans Paris, surtout depuis que le roi, parti de la capitale pour diriger les opérations militaires de l'Aunis, est tombé gravement malade non loin de Corbeil. Va-t-on secourir les assiégés de l'île ? Que vont-ils devenir ?

En fait les négociations entamées, après le débarquement de Buckingham, entre le gouvernement et les protestants ont échoué.

Le 10 septembre, les Rochelais, à qui on a refusé une fois de plus la démolition du Fort Louis, ouvrent le feu sur les troupes royales. En riposte, le blocus terrestre de la ville rebelle commence. Elle compte vingt-sept mille habitants. Il faut les affamer, les couper de toute communication avec l'arrière-pays, en élevant des retranchements fortifiés sur une longueur d'environ trois lieues. Mais pour en venir à bout, tout est subordonné à la mer. Et d'abord à la reconquête de Ré.

Les Parisiens apprennent, et Marie avec eux, que Louis XIII, dès le 24 août, a écrit à Toiras pour le féliciter de sa courageuse résistance et lui promettre qu'on va le dégager. Quand ? C'est une autre affaire. Pour les assiégés, l'attente n'en finit pas. Les vivres manquent cruellement. Buckingham harcèle Toiras pour qu'il se rende. Pas question, répond-il.

En témoignage d'admiration pour sa ténacité, en souvenir aussi de leurs rencontres à la cour de France jadis, Buckingham lui fait porter une douzaine de melons, que l'île produit en abondance. Pour ne pas être en reste avec un ennemi si chevaleresque, Toiras donne vingt écus d'or au valet qui porte les melons, et envoie le lendemain à Buckingham six bouteilles d'eau de fleurs d'oranger et plusieurs vases de poudre de Chypre.

Ces manières courtoises n'enlèvent rien à la situation critique des Français. Les mutineries des soldats se multiplient dans la citadelle Saint-Martin. Il faut le prestige et l'autorité de Toiras pour les calmer.

N'y tenant plus, exténué de faim, son frère Montferrier envoie trois soldats du régiment de Champagne, des nageurs d'élite, vers le roi. Ils diront à Sa Majesté leur effroyable situation.

On est au début de septembre. Les trois hommes plongent tout nus dans l'eau fraîche. Quel sera leur sort ? Pourront-ils aider à sauver leurs camarades ? Le premier se noie, le second est capturé et tué par les Anglais, le troisième, nageant le plus souvent entre deux eaux pour échapper à la vigilance des ennemis, réussit l'exploit de la traversée.

Epuisé, se couvrant de la chemise qu'il avait mise sur sa tête en guise de bonnet, il est conduit, à huit lieues du Fort Louis, auprès du duc d'Angoulême, commandant l'armée royale. Il lui donne la boîte de fer blanc qui pend à son cou, une boîte de poudre à mousquet cerclée de cire. Elle contient le message chiffré de Toiras au roi.

Le bruit de l'exploit se répand dans Paris, ainsi que la teneur du message :

« Par pitié, Sire, envoyez-nous des pinasses chargées de vivres. Bien que l'ennemi nous en presse, nous ne voulons pas nous rendre. Mais, même en nous rationnant, nous n'aurons de pain que jusqu'au 8 octobre. Si à cette date, nous n'avons pas reçu les vivres, nous mourrons au service de Votre Majesté. »

Folle d'inquiétude, Marie compte les jours.

A la faveur de la nuit, un premier convoi de secours d'urgence parvient à Saint-Martin, le 7 septembre. Un autre, plus important, de vingt-cinq bateaux, réussit à passer, un mois plus tard. Il apporte morue séchée, bœuf salé, farine, légumes secs, vêtements et chaussures. Précieux répit pour les assiégés. Les Anglais au contraire tombent malades d'inaction, et... de dysenterie, car c'est l'époque des vendanges dans l'île, et ils se gavent de raisins.

Pour pallier leur inaction désastreuse, Buckingham tente, le 6 novembre, de prendre d'assaut le fort tenu par les Français. Malgré la présence de volontaires rochelais qui sont venus le rejoindre, il échoue. Le gouverneur et ses hommes résistent avec acharnement. Après deux heures de combat, les Anglais battent en retraite. Pour Toiras et les assiégés de Saint-Martin, l'étau se desserre.

Richelieu et Schomberg décident alors, le 8, d'en finir et d'envoyer assez de troupes pour chasser définitivement les

Anglais de l'île. Douze cents hommes, chargés de munitions et de vivres en abondance, déjouent la surveillance de l'ennemi et se jettent dans Ré sous le commandement de Schomberg.

Immédiatement, Toiras rejoint son ami. Il lui fait observer que les troupes anglaises se dirigent vers l'île de Loix, rattachée à Ré par une petite digue, pour fuir vers l'Angleterre. Le mieux serait de les poursuivre et de les harceler sur cette étroite bande de terre, tandis qu'elles cherchent à s'embarquer. Le conseil est bon. Buckingham y perd plus de quinze cents hommes.

Profitant du vent favorable, le duc réussit à s'enfuir. Mais il a essuyé une cruelle défaite.

Marie est au coin de son feu, par une fraîche matinée de novembre, sa fille auprès d'elle vêtue d'une veste blanche satinée, doublée de coton. On lui apporte une lettre. C'est un court message de Jean, qu'elle lit avec avidité. Il est sorti des griffes de Buckingham. Il a souffert de son enfermement à Saint-Martin, mais il n'y pense plus désormais. Il a rejoint l'armée du roi et ne songe qu'à prendre La Rochelle. Il espère avoir le loisir d'écrire plus tard à sa douce amie des détails sur le siège.

Le cœur de Marie bondit. Jean est libéré. Enfin ! Un élan de joie la submerge. Brusquement elle saisit la fillette qui joue à ses pieds en gazouillant. La petite la regarde, étonnée, puis, sentant sa mère joyeuse, elle rit. Marie la couvre de baisers.

Alors, à sa grande surprise, elle reçoit plusieurs autres messages de Toiras, irrégulièrement, au hasard des courriers venus de La Rochelle, pas très longs, mais où il l'appelle toujours *« Ma douce amie »,* et signe toujours *« Votre ami dévoué ».*

Elle en est heureuse. Elle apprécie les nouvelles précieuses qu'il lui donne au fur et à mesure du siège mais, plus encore, le soin qu'il a de lui raconter ce qu'il vit :

> « Pour bloquer complètement les Rochelais, le cardinal de Richelieu a décidé de construire, en plus des fortifications édifiées côté terre, une digue de mer. C'est une entreprise indispensable, mais difficile et d'un coût énorme. Métezeau, l'architecte du roi, en sera l'ingénieur. Vous savez, il est apparenté à celui qui a proposé le plan de la place Royale. Pas la même chose, bien sûr ! »

> « L'ouvrage est impressionnant, d'une longueur d'environ sept cent cinquante toises. La base est constituée de vieux bateaux coulés, de gros blocs de pierre, de gravas, surmontée de talus énormes. La digue s'appuie sur la pointe des Minimes au sud, sur celle de Chef-de-Baie au nord. Elle ferme ainsi complètement le port. Les canons qui la garnissent doivent pouvoir tirer à la fois vers le large et vers la ville. »

> « Il a fallu prévoir un goulet au milieu de la digue, en raison de la violence des marées, pour laisser passer le flux et le reflux de la mer. Afin que les ennemis ne se glissent pas par là, on y exerce une surveillance particulière de l'artillerie. Des pieux très hauts hérissent ce chenal, on les appelle les chandeliers. Mais nous approchons de mars, l'ouvrage résistera-t-il aux tempêtes d'équinoxe ? L'océan ne grignotera-t-il pas trop les bords du goulet ? »

> « Notre roi qui s'était installé aux portes de La Rochelle, à Aytré, est encore souffrant, et voici que vient de mourir, le 8 février, son incomparable médecin, le fidèle Héroard. "J'avais encore bien besoin de lui", a murmuré son illustre patient. »

« Le roi, malade, a quitté l'armée pour regagner Paris. Avant de partir, il a nommé Richelieu lieutenant général. Honneur exceptionnel, qui fait grincer ici bien des dents ! Mais le cardinal se dépense sans compter dans cette entreprise. C'est le mot juste, car il dépense des sommes colossales pour ce siège. Non content de s'occuper de la santé des troupes toujours menacées d'épidémies, il organise des fêtes destinées à remonter le moral des soldats, et il paie ces réjouissances de sa poche. Mais il fait respecter une discipline de fer. »

« L'entreprise est vraiment difficile. Depuis le début, des ruptures se produisent de temps à autre dans la digue. Les Gênois experts en défenses maritimes ont toujours prédit que nous échouerions. D'autre part, on murmure que Buckingham veut se venger de son précédent échec et que les Anglais ont en tête une nouvelle tentative de débarquement en France. Quant à Guiton, le maire de La Rochelle, c'est un homme opiniâtre, enragé. Enfin, les Rochelais ne tiendront pas éternellement... »

« Louis XIII a vexé Charles Ier en disant : "Si j'avais su que mon frère d'Angleterre tenait tant à l'île de Ré, je la lui aurais vendue à moitié prix..." Nous pensons qu'il voudra se venger et forcer par mer le blocus de La Rochelle. »

« Notre roi est revenu à l'armée. L'expédition anglaise a quitté Portsmouth le 8 mai, avec à sa tête un parent de Buckingham, Lord Denbigh. Le duc ne pouvait en prendre le commandement. Il est maintenant détesté des Anglais. Nous nous apprêtons à combattre. »

« C'est incroyable ! Denbigh, après avoir envoyé une chaloupe et un brûlot pour essayer de mettre le feu à la digue – il y a échoué –, a tourné court et n'a même pas tenté de ravitailler les Rochelais. Nous avons vu les voiles anglaises repartir sans combattre. Denbigh a-t-il pris peur en voyant depuis le large l'impressionnante digue ? Plus probablement a-t-il été acheté ? Les Anglais en ont-ils assez des Rochelais ? L'argent manque-t-il à Charles Ier et à son gouvernement ? Nul ne le sait. »

« Nous voici fin août. Notre goulet a souffert. Les Anglais avec de l'audace auraient pu le forcer. Buckingham était le seul à avoir cette détermination. Il préparait un nouveau débarquement en France. Mais au moment où il s'apprêtait à partir, on l'a assassiné. Nous sommes persuadés que le roi d'Angleterre ne s'en tiendra pas là. »

Brusquement, c'est fini. Marie ne reçoit plus de lettres de Toiras.

18.

Le retour du guerrier

Tant de lettres en provenance de l'armée ne sont pas passées inaperçues à l'hôtel de Coulanges.

On a fait mine de fermer les yeux. Après tout, Toiras n'était-il pas le meilleur ami de Celse-Bénigne ? D'ailleurs Marie, prudente, ne se vante pas de ces envois. Quand son père lit les gazettes à sa famille rassemblée, elle se garde bien de dire que souvent elle connaît déjà les nouvelles de La Rochelle. Le financier serait déçu.

Il se donne tant de mal pour acheter ces feuillets écrits à la main, qui circulent dans Paris en petit nombre, renseignent sur l'état du royaume, du monde même, et sont particulièrement prisés en temps de guerre. Marie ne va pas priver son père du plaisir de faire l'important auprès des siens. Et puis il lui faudrait avouer que les messages de Toiras sont précis, minutieusement écrits. Elle se trahirait sûrement. Une rougeur subite, un râclement de gorge intempestif, tous devineraient comme elle tient à ces lettres.

Mais quand son ami cesse de lui écrire, elle accourt, empressée, écouter son père. Que se passe-t-il à La Rochelle ? se demande-t-elle avec angoisse. Pourquoi ce silence de Jean ? Que lui est-il arrivé ?

En réalité, les nouvelles du siège sont de meilleures en meilleures.

Certes Charles Ier n'a pas renoncé à son projet de secourir les Rochelais et d'attaquer les Français. Il a tout de suite remplacé Lord Denbigh par un nouveau commandant de la flotte, Lord Lindsey. Mais celui-ci est impressionné en voyant du large les fortifications de la digue, et il sait qu'il ne dispose que de cinq mille hommes alors que l'armée de Louis XIII en compte plus de vingt mille. Les Français le laissent approcher. Lindsey tente lui aussi de mettre le feu à la digue. Sans succès.

Il entreprend de bombarder l'ouvrage. Les Français ripostent avec efficacité. Le roi est revenu parmi ses soldats. Gaillard, il se mêle à eux et sert comme simple canonnier. Malgré leur mauvais état de santé, les difficultés de ravitaillement, la longueur du siège, les royalistes reprennent courage.

Jugeant impossible de forcer le blocus, Lindsey repart en Angleterre, sans plus insister. Comme Denbigh naguère. Il laisse les Rochelais à leur sort et se contente d'envoyer à Richelieu un message lui demandant de se montrer clément. Abandonnés trois fois par leurs alliés protestants, ils ne résisteront plus longtemps.

De fait, le 28 octobre, Richelieu reçoit la capitulation de La Rochelle, tandis que Louis XIII accorde aux habitants la vie sauve et le libre exercice de leur culte. La ville est dans un état catastrophique. Il n'y reste guère plus de cinq mille habitants. Les Rochelais ont terriblement souffert du blocus, de la famine, des épidémies. Partout, de la saleté, des cadavres.

A Paris, les Coulanges applaudissent à la fin de cette funeste guerre civile. Ils se réjouissent d'apprendre que, le jour de la Toussaint, Louis XIII est entré officiellement dans

La Rochelle et que Richelieu y a célébré la messe dans un ancien temple protestant.

Marie partage leur sentiment. Mais le silence persistant de Toiras l'inquiète. S'il avait été tué, lui, un combattant fameux, on l'aurait su. Or il n'est pas dans la liste des morts. Au contraire, on a parlé, comme toujours, de sa bravoure au combat, à La Rochelle comme à Ré, de son habileté stratégique. Et on le salue partout comme celui qui a tenu tête à Buckingham, et chassé de l'île les Anglais.

Qu'en est-il donc de lui ? A-t-il oublié Marie ? Sans doute ne s'est-il jamais vraiment soucié d'elle. Elle s'était fabriqué un ami en imagination. Mais pourquoi donc ce billet fervent à la mort de Celse-Bénigne ? Pourquoi ces lettres nombreuses ensuite ? Elle se ronge de questions.

En tout cas, Mme de Coulanges, qui surveille le courrier de sa fille aînée, est satisfaite. Plus de lettres en provenance de l'armée. Pas de risque de papotages.

D'autant que la mère de Chantal est venue à Paris en janvier 1628, pendant cet effroyable siège de La Rochelle, et qu'elle y a passé quatre mois à régler la succession de son malheureux fils. Elle a logé à la Visitation de la rue Saint-Antoine, près de la Place Royale. Tout ce temps-là, Mme de Coulanges craignait que le bruit d'une correspondance fréquente entre sa fille et un officier général ne transpire dans le quartier.

Heureusement il n'en a rien été. En partant de Paris pour Orléans où elle doit faire élire la supérieure du couvent, Jeanne de Chantal, dans une lettre à Françoise de Toulongeon, décerne à sa belle-fille un certificat de bonne conduite : *« Elle se comporte avec tant de vertu, la petite orpheline est si uniquement chérie d'elle qu'il ne se peut rien désirer de plus. »*

Mme de Coulanges s'est inquiétée à tort de possibles racontars. Marie ne lui avait jamais montré la moindre ligne de ce Toiras, elle pouvait donc imaginer le pire. Puisque la correspondance s'est interrompue, sans qu'apparemment sa fille s'en soucie, elle n'a pas lieu de s'alarmer.

Un après-midi, peu après la reddition de La Rochelle, Coulanges demande à sa fille de le rejoindre dans son bureau. Tout de suite, la jeune femme prend peur. Va-t-il lui reprocher sa correspondance avec Jean de Toiras ? Il ne peut l'ignorer. Ou, pire encore, a-t-il eu des nouvelles, de mauvaises nouvelles, concernant le gouverneur de l'Aunis ?

Il a le visage grave, une pile de papiers sur sa table.

— La succession de votre époux me donne bien de la tablature, ma fille. Il y a la question des dettes, à laquelle je m'attendais...

Ah, se dit Marie, soulagée. Il va me parler d'argent.

— Il y a aussi les prétentions nouvelles qu'émet votre belle-sœur sur les biens des Rabutin, et qui risqueraient de dépouiller votre fille des terres bourguigonnes, Bourbilly et Monthelon.

— Comment cela ? murmure Marie, maintenant inquiète pour son enfant.

— Voici. Votre belle-mère, comme toutes les religieuses, est morte à la vie civile en entrant au couvent. Le testament qu'elle avait fait alors pour partager ses biens – des plus modestes ! ricane Coulanges – tenait la balance égale entre son fils et sa fille. Malheureusement, un peu après, elle a rédigé un codicille qui avantageait Celse-Bénigne. Vous me suivez, Marie ?

— Oui, oui, murmure la jeune femme.

— La faveur faite à son frère, Mme de Toulongeon pouvait l'accepter alors. C'était un homme, l'aîné des Rabutin ! Cela compte dans ces familles anciennes... Maintenant qu'il est mort, ne laissant qu'une fille, la vôtre, elle n'en voit plus la raison. Elle veut donc attaquer le codicille comme illégal. Je dois subir ses revendications, celles de son époux, de son beau-frère l'abbé de Saint-Satur. Même celles de Léonor de Rabutin, le père de ce garnement de Roger, qui promet d'être un coquin, je le devine !

— Pourquoi de ce Léonor ? Il est de la branche cadette, Celse-Bénigne me l'a assez répété.

— Parce que, martèle le financier, si je suis légalement le tuteur de votre fille, il en est le subrogé tuteur.

— Et ma belle-mère dans tout cela ? Elle est vivante, elle peut dire ce qu'elle souhaite ?

— Non pas. Le codicille fut rédigé quand elle était déjà religieuse, il n'a aucune valeur légale. Alors votre belle-mère tente d'apaiser les esprits. Ecrit force lettres aux uns et aux autres. Mais Mme de Toulongeon est une femme intéressée et coriace. Je crains qu'il n'y ait procès.

Quant aux dettes, poursuit Coulanges, il y a celles des Rabutin qui devaient être payées en vertu de votre contrat de mariage, essentiellement par Monseigneur Frémyot – elles ne le sont toujours pas. Plus celles que votre époux lui-même a contractées. Tout cela fait une somme si importante qu'il est préférable pour vous de renoncer à la communauté des biens.

— Je comprends.

— Dès la mort de votre époux, d'ailleurs, puisque vous n'étiez pas majeure, j'avais moi-même demandé au conseil de famille d'autoriser cette renonciation. Maintenant vous avez vingt-cinq ans, vous l'êtes. Hier, je me suis occupé des dernières formalités. Les papiers sont là, prêts à être signés par vous. Je suis sûr que vous m'approuvez.

— Certes, répond Marie. Toutefois, mon père, je vous demande de vous montrer compréhensif envers Monseigneur Frémyot. Il aimait son neveu comme un fils, il a souffert de sa mort et il a la bonté de m'accorder son affection. Comme à sa vraie nièce, pourrais-je dire.

— Bien, bien, grommelle Coulanges, je ne suis pas un monstre d'insensibilité, croyez-le. Ce que je fais, et qui me donne du tracas, je le fais pour préserver les intérêts de ma petite-fille.

Marie sourit à son père. Il a dit juste ce qu'il fallait !

Elle regagne sa chambre, tourne en rond. Lisa est partie du côté de Lyon assister une tante mourante. Personne avec qui ressasser ces histoires d'intérêt et de contrat de mariage.

Son mariage ! La joie des premiers mois, et puis tant d'espoirs évanouis, de solitude, de chagrins ! Seize mois que Celse-Bénigne a été tué ! Déjà ! Elle a quitté son costume de veuve, le bandeau noir qui aplatissait ses cheveux et retenait le voile de crêpe épais pendant sur ses épaules. On aurait dit une religieuse...

Aujourd'hui elle porte ses cheveux dénoués, une robe simple mais ravissante, de velours crème, semée de nœuds de satin de couleur assortis.

— Que vous voilà belle, Madame, lui a dit ce matin sa femme de chambre en finissant de l'habiller. Ces petits-nœuds-là, j'ai ouï dire qu'on les nomme des galants.

En repensant aux compliments de la Gohory, il prend à Marie une soudaine envie de pleurer. Belle, pour qui ? Des galants, où sont-ils ? Des larmes lui montent aux yeux. Elle se sent si seule. Non, elle a tort de pleurer. Elle n'est pas seule. Elle ne doit pas oublier sa fille bien-aimée, sa Cantaline.

Désœuvrée, elle va jusqu'à la petite pièce où l'on range les habits de son époux. Ils vont y rester jusqu'à l'inventaire après décès qu'effectuera bientôt – enfin ! – Maître Herbin. La garde-robe sent encore l'eau de Chypre qu'affectionnait le jeune homme.

Elle ouvre un coffre, puis deux. Elle voit, elle touche

les vêtements du mort. Et les souvenirs affluent, heureux ou douloureux. Les chausses et le pourpoint en taffetas de Milan de couleur blanche et violette, Celse-Bénigne ne les portait-il pas à la fête où elle avait fait la connaissance de Buckingham ? Le manteau et le haut de chausses de velours amarante à fond de satin couleur céladon, n'étaient-ils pas ceux du bal chez les La Rivière, quand il avait provoqué Elbeuf ?

Elle caresse le coffret de nuit de son époux, couvert de velours cramoisi, avec à l'intérieur un miroir recouvert du même velours. Elle furète parmi ses jarretières garnies de roses en taffetas enrichies de dentelles, la foule de ses écharpes brodées et chamarrées de passements dorés, ses bottes d'intérieur en soie vert et orange, trois de ses flambeaux de vermeil, jusqu'à son pot de chambre en argent.

Dans le garde-meubles attenant, elle trouve les garnitures de lit dont on ne se sert plus, leurs grands rideaux, les cantonnières assorties doublées de satin, les fourreaux des piliers du baldaquin. Ah, cet ensemble de lit en taffetas blanc et bleu enrichi de franges d'or, elle le reconnaît. C'est celui de la nuit tragique de l'incendie chez les Pontmain ! Elle s'appuie au mur, chavirée. Avec quelle ardeur elle avait attendu Celse-Bénigne ce soir-là ! Comme elle avait souhaité qu'il vienne auprès d'elle, qu'il la caresse, qu'il caresse le fils qui était en elle !

Le fils est mort, l'époux aussi. Elle se sent désespérément seule. Si seulement elle avait un ami qui la console...

La porte s'ouvre. C'est Nanon. Elle arbore un air pincé.

— On vous demande, Madame la baronne. J'ai fait entrer la personne dans le petit salon du bas.

Marie se hâte. Parbleu, c'est l'heure des visites. Qui cela peut-il être ? Elle ouvre la porte du salon, aperçoit un homme de dos, debout devant la fenêtre, tête nue, les cheveux bouclés, l'allure fière. Il porte un pourpoint de taffetas noir brodé et des chausses de satin noir. Elle remarque son manteau de velours noir et son chapeau posés sur une chaise.

Il se retourne. Elle voit ses yeux brillants, son visage maigre. Il la regarde et, sans prendre le temps de la saluer, il ouvre les bras. Elle n'a pas une seconde d'hésitation. Elle se jette dans ces bras qui se referment doucement sur elle.

Ils n'en pouvaient plus d'attendre.

Mais la séparation les a réunis mieux que ne l'auraient fait des rencontres quotidiennes. Chacun de son côté, ils ont rêvé leur amour, ils l'ont espéré, ils l'ont jugé impossible, ils l'ont cru mort, ils l'ont senti renaître, ils ont eu peur pour lui.

En se retrouvant, ils sentent combien cet amour est devenu immense. Sans qu'ils l'aient su, il grandissait à chaque minute de leur vie. Maintenant ils n'ont pas assez de mots ni de temps pour s'expliquer l'un à l'autre.

— Mais si, ma douce, je vous ai toujours écrit, jusqu'à la reddition de La Rochelle. Par malchance, les courriers ont dû être interceptés. Sitôt la ville rendue au roi, j'accours vers vous.

Il lui prend les mains. Elle se rassure, se détend. Dans un élan elle se blottit contre sa poitrine. Il lui caresse la tête, puis relève son menton. Il la contemple, blonde et si fragile.

On frappe. Mme de Coulanges vient annoncer à Marie que sa fille la réclame. L'enfant ne veut pas finir son repas, si sa mère n'est pas auprès d'elle. La nourrice ne parvient pas à la faire manger et ne sait à quel saint se vouer.

— Ah, je vous prie de m'excuser, Monsieur, ajoute-t-elle, glacée, en se tournant vers Toiras. Je ne vous avais pas vu. J'ignorais que Mme de Rabutin-Chantal eût une visite. Elle est veuve, le savez-vous ? et veuve d'un héros.

Stupéfait du mépris et de la grossièreté de cette femme, Jean se redresse de toute sa haute taille, attrape lestement son chapeau sur la chaise voisine, et se couvrant puis se découvrant, fait à l'intention de l'importune le plus appuyé de ses célèbres saluts.

— J'arrive de la guerre, Madame, et ma visite me semble bien naturelle à la veuve de celui qui se disait mon meilleur ami.

Et sans laisser à Mme de Coulanges le temps de répondre :

— Nous avons beaucoup de choses à nous dire, Madame la baronne et moi-même, sur cette funeste guerre civile. Je viendrai demain la chercher en carrosse pour une promenade dans la forêt de Vincennes. Mon malheureux ami Celse-Bénigne, au temps de ses duels, en était un familier. Mais laissons cela. Paix à son âme !

Nul doute, continue-t-il en regardant bien en face la femme du financier, que l'air de la forêt ne redonne à Madame la baronne un peu des couleurs qu'elle semble avoir perdues.

Nouveau salut insistant à la mère. Lent et délicat à la fille. Jean de Toiras est déjà parti.

Sans un mot, Marie gagne en hâte la chambre de sa Cantaline.

— Elle a fini son repas, Madame, dit la nourrice. Elle est vraiment facile, toujours gaie et rieuse. Je vais la préparer pour la nuit.

— Oui, acquiesce Marie. Facile et gaie. Je vais rester près d'elle jusqu'à ce qu'elle soit au lit.

Un moment après, la petite est couchée. Sa mère prend

une de ses mains, chaude et potelée, puis lui chante sa chanson favorite, *Jehan de Nivelle*, celle que le roi Louis préférait, quand il avait six ans. L'enfant rit aux éclats. Elle répète de son mieux « le chien de Jehan de Nivelle ». Ses yeux bigarrés brillent. La voilà tout excitée. Alors Marie, pour la calmer, lui caresse tendrement le front et commence la berceuse que Lisa lui chantait autrefois. Elle ne l'a pas terminée que la Cantaline s'est endormie. Le cœur heureux, Marie se dit : Comme je l'aime !

Mais elle ne sait plus si elle pense à sa fille ou à son ami.

19.

La veuve

Le lendemain, il pleut à verse.

Peu importe. Ils roulent, serrés l'un contre l'autre, dans le carrosse douillet de Toiras. Personne ne chaperonne Marie. En l'absence de Lisa, elle n'a pas voulu s'encombrer d'une femme de chambre. Juste avant de partir, elle a craint de sortir de ce quartier, de cette Place Royale dans laquelle elle se sent parfois enfermée, mais qui lui est aussi un cocon rassurant.

Tout de suite, dans le huis-clos protecteur du carrosse, sa peur s'est envolée. Même le valet Thomas, le cocher et les deux hommes d'escorte, qu'elle voit pour la première fois, ne l'effrayent pas. N'est-elle pas avec l'homme dont elle rêve depuis si longtemps ?

Mme de Coulanges ne s'est pas manifestée lors du départ de sa fille. Ah, si peut-être... En levant la tête, avant de monter dans la voiture, Marie a vu un rideau bouger à une fenêtre du premier étage. Mais après tout, Toiras l'avait prévenue de cette promenade.

Au bout d'un long moment, le carrosse s'arrête. Jean dénoue l'une des portières de cuir. Il ne pleut plus. Ils sont entourés d'arbres, dans une allée forestière tapissée de feuilles rouges et dorées. L'air vif saisit Marie. Elle respire avec volupté la merveilleuse odeur de la terre après la pluie. Cela fait si longtemps qu'elle n'est pas allée à la campagne. Son père n'avait plus le cœur à emmener sa famille à Montaleau. Et puis le parc soigneusement peigné, le petit bois, rien à voir avec cette forêt qu'elle devine immense, ces arbres à l'infini.

— Où sommes-nous ? demande-t-elle à Jean. Ce n'est pas Vincennes. Nous avons roulé dans une autre direction, il me semble.

— Non, ce n'est pas Vincennes. Hier avec votre mère, qui me faisait grise mine, j'ai eu, je dois l'avouer, un mouvement d'humeur jalouse. Elle me jetait à la tête le nom, le mérite de votre époux. Alors je n'ai pu m'empêcher de parler de Vincennes. Là où il se battait souvent en duel. Je voulais rabattre le caquet de cette dame. Son gendre, je le connaissais mieux que personne, je l'aimais, je l'aidais, mais ce n'était pas toujours un héros. Pardonnez, je vous prie, Marie, cette réaction chagrine et mesquine.

— Je n'ai rien à vous pardonner, mon ami. J'ai trop de bonheur à être près de vous, continue-t-elle, à voix basse.

Puis un ton plus haut, souriante :

— Dites-moi plutôt où nous nous trouvons.

— A l'opposé de Vincennes. A Versailles. Nous sommes dans une forêt remarquablement giboyeuse. J'y ai souvent chassé avec notre roi. Il s'y plaît tellement qu'il y a fait bâtir, voici cinq ans, un pavillon de chasse, fort modeste d'ailleurs. Le moindre de ses gentilshommes n'en voudrait pas. Cet après-midi, nous allons rester dans cette partie de la forêt. Elle est peu fréquentée. Un autre jour, je vous emmènerai dans la bicoque que le roi m'a offerte, il y a bien longtemps. Quand j'étais lieutenant de sa vénerie. Elle est perdue dans les bois.

Le cœur de Marie bondit.

— Un autre jour ? répète-t-elle d'une voix étranglée.

— Mais oui, ma douce, répond Jean. Un jour, un autre, autant que vous voudrez. J'ai quarante-trois ans. Depuis que je vous ai rencontrée, j'ai trop souvent rêvé de vous. Je suis célibataire, vous êtes veuve, je voudrais ne plus vous quitter désormais. Enfin ! ajoute-t-il en riant pour détendre l'atmosphère, dans la mesure où je suis un soldat, et où les soldats quittent leur belle pour aller à la guerre !

Il s'est aperçu du trouble de Marie, de ses lèvres tremblantes.

Il répète :

— Enfin ! si vous voulez vous-même ne plus me quitter. Le voulez-vous ?

Pour toute réponse, elle le regarde d'un air ébloui et glisse ses mains dans les siennes. Il les serre, transporté de bonheur. Il voudrait... Allons, il ne veut pas... Il ne veut pas se laisser emporter par la passion, la prendre, là, comme un fou.

Il propose :

— Faisons quelques pas, n'attendons pas la prochaine averse.

Docile, elle le suit dans l'allée gorgée de pluie. Thomas et ses compagnons se sont éloignés dans le bois tirer des perdrix dont leur maître est friand. Alors il la prend par l'épaule et ils marchent, heureux d'admirer les arbres, de voir sautiller les pies, d'entendre les écureuils grignoter des noisettes. Elle sursaute en voyant détaler un lapin devant eux. Bientôt le grand air l'étourdit. Elle se raccroche à son bras. Il la reconduit au carrosse.

— Mais vos jolis souliers sont trempés, remarque-t-il. Laissez-moi vous les retirer. Parbleu, le chemin était inondé.

Il se penche, brûlant de désir, enferme dans ses grandes mains les pieds menus. Les bas de soie sont humides, tachés d'eau de pluie. Il voudrait les lui enlever, frotter doucement la peau de sa bien-aimée, remonter lentement le long des cuisses qui se cachent sous l'amoncellement des jupes et des jupons. Il la regarde. Les yeux de Marie sont apeurés. Non, se gourmande-t-il, c'est trop tôt.

Il prend dans le coffre du carrosse, sous les sièges, une épaisse couverture de laine des Flandres et enveloppe les jambes de Marie. Elle lui sourit, pose la tête sur son épaule, rassurée, confiante. Alors, il l'attire contre lui et embrasse les lèvres qu'elle lui offre.

Une nouvelle promenade. Il fait froid. De la gelée blanche partout. Cette fois, le carrosse les amène à la maisonnette de Jean. Il n'a pas menti, elle est enfouie dans les bois. Marie entre, un peu craintive.

Et c'est la surprise. Un grand feu ronfle dans la cheminée, des tapis de Turquie sur le sol carrelé, un lit de repos avec une pile de coussins soyeux, des rideaux épais de toile de laine écrue, et sur une petite table des montagnes de friandises, des bouteilles de vin et de liqueurs. Les hommes de Jean ont tout préparé et sont partis.

Les amoureux s'installent, déploient sur eux la couverture qui attendait sur une chaise. Ils sont là, bien au chaud, ignorés de tous. Personne ne sait où je suis, songe Marie. Personne pour me diriger, me contraindre. Celui que j'aime, seulement.

Comme s'il devinait ses pensées, il dit :

— Nous avons laissé le monde loin derrière nous, ma douce.

La forêt glacée de Versailles les encercle. Jean l'attire

contre lui. Elle s'abandonne et goûte enfin avec délices un plaisir qu'elle avait oublié.

Le feu maintenant s'est apaisé. Marie regarde les braises qui rougeoient. « On est bien », murmure-t-elle. Dans les bras de cet homme qui repose contre son épaule, elle, la craintive, ne s'est souciée de rien. Le risque d'un enfant ? Elle ne s'en inquiète même pas. Il ne servirait qu'à consolider leur union.

Elle a eu confiance en son amant, d'emblée. Il a su la rassurer, adoucir pour elle sa voix naturellement autoritaire. Lui ne la trahira pas. Pas comme Celse-Bénigne. L'a-t-il déçue et blessée, celui-là ! Elle ne veut plus y songer.

Elle revit les minutes qui viennent de s'écouler. Elle se sent comblée, rassasiée, et pourtant avide de retrouver ce plaisir qu'il lui a donné avec tant d'ardeur. Elle s'aperçoit que la couverture a glissé des épaules de Jean. Elle la remonte, se blottit contre lui. Il la reprend dans ses bras.

La gelée blanche a fondu sur les pelouses de la Place Royale. Lisa vient d'arriver de son voyage à Lyon. Elle n'a pas plus tôt changé de vêtements que Mme de Coulanges l'appelle dans sa chambre. Brièvement elle la met au courant des promenades de Marie.

— Avec ce Toiras, vous savez, le meilleur ami de son époux.

— Le héros de l'île de Ré, n'est-ce pas, Madame ?

— Bien, bien, appelez-le comme vous voulez. Mais je n'aime pas que ce personnage emmène, pour la deuxième fois, ma fille dans son carrosse pour une destination que je ne connais pas.

— Votre fille est jeune, Madame. Voici un an et demi que son époux est mort. Et avant, je pourrais dire, sans risque de me tromper, que le baron de Chantal – paix à son âme ! –

n'était pas le plus assidu des maris. Il est normal que Marie ait besoin de s'épanouir...

— S'épanouir ? coupe Mme de Coulanges, fâchée. Qu'est-ce que vous insinuez, ma chère. Une femme a-t-elle besoin de s'épanouir ?

Lisa soupire. Oh, oui, pense-t-elle, elle en a besoin. Besoin de s'épanouir dans les bras d'une personne aimée. Mais elle répond à Mme de Coulanges :

— En tout cas, votre fille est pleine de raison, consciente de ses devoirs. Et d'un caractère prudent. Si elle accepte que M. de Toiras vienne la chercher ainsi, au grand jour, pour des promenades, c'est que ce monsieur lui a dévoilé des intentions honnêtes

— Et quand bien même il lui aurait parlé mariage ? Ma fille est veuve. Vous n'ignorez pas combien le remariage de la veuve est affaire délicate, répréhensible même.

Non, non, se dit Lisa, je ne l'ignore pas. En vérité, la bonne dame exagère de me jeter cela à la tête. Elle oublie que je suis veuve depuis plus de vingt ans.

Elles n'ont pas le temps de poursuivre leur conversation. Quatre voisines entrent, excitées, le verbe haut.

— Nous avons forcé votre porte, ma chère, dit Mme des Ormeaux. Mais nous avons remarqué, involontairement bien sûr, les habitudes nouvelles de votre chère fille. Ce carrosse aux portières armoriées, ces valets, nul doute que nous devions bientôt vous féliciter du remariage de la veuve du baron de Rabutin-Chantal...

— Elle ne l'aura pas pleuré longtemps, son Rabutin, grince Mme Bordier. Seize mois pour être précise. Enfin, elle est jeune !

— Et c'est ce remariage qui nous tracasse, enchaîne Mme de Pontmain, ignorant l'interruption de Mme Bordier. Ces dames de la Place Royale m'ont mise au courant. Nous en avons parlé avec deux ou trois autres amies. Le sort des veuves est compliqué. Si elles sont pauvres, elles trouvent rarement un homme pour se charger d'elles. Si elles sont riches, elles risquent d'être la proie d'aigrefins malhonnêtes...

— Pourquoi se remarier, coupe la folette sœur de Mme des Ormeaux. Les veuves riches sont libres, elles n'ont qu'à vivre à leur guise, prendre l'homme qui leur convient. Un amant, c'est mieux qu'un mari.

— Courir l'aventure avec un homme, s'exclame, indignée, Mme de Pontmain. Vous n'y pensez pas ! Et le risque de l'enfant... Un risque omniprésent.

— Un enfant hors mariage, c'est le déshonneur, crient à l'envi les vertueuses dames.

— Certes, dit la sèche Mme Bordier. Mais ce n'est pas la question. Restons dans le domaine du mariage. Plus précisément du remariage des veuves.

— C'est où je voulais en venir, reprend Mme de Pontmain, pincée. Ce remariage n'est pas souhaitable. Il n'est qu'une preuve de faiblesse de la femme. Au contraire, celles qui sont veuves, et le demeurent, retrouvent l'état de chasteté, devant Dieu le plus admirable. N'oublions pas le conseil de saint Paul : « La plus grande perfection est de demeurer dans la viduité. »

Un instant, voilà les bavardes muettes. Chacune pense à son propre cas. Mais elles se reprennent vite, s'excusent auprès de Mme de Coulanges de leur longue visite. C'était pour le bien de sa pauvre fille...

Et puis, lance Mme des Ormeaux en prenant congé, ce n'est pas dans la famille d'une sainte, veuve et religieuse, que nous allons rappeler les devoirs sacrés des femmes !

— Vous avez entendu l'opinion générale ? reprend Mme de Coulanges quand elle se retrouve seule avec Lisa. Je veux donc couper court, et au plus vite, aux sorties intempestives de Marie avec M. de Toiras. Je vous charge, ma chère, de travailler à cela. Je m'y appliquerai moi-même, évidemment.

Lisa hoche la tête. Elle est partagée entre le bonheur de sa douce Marie et la nécessité d'obéir aux ordres des Coulanges.

— D'autant que mon époux, avec qui j'ai parlé hier soir de cette affaire, m'a fait remarquer que, si notre fille se remariait et avait des enfants, sa propre fille serait privée d'une part de l'héritage de sa mère. Cette pensée irrite mon époux au dernier point. Il se donne tant de mal pour préserver à l'enfant son héritage paternel.

Et elle ajoute :

— Ah, si vous connaissiez l'avarice, l'acharnement de Mme de Toulongeon !

Lisa les devine. Elle n'est pas insensible au sort de la fille du baron de Chantal. Elle adore la Cantaline. Un argument de poids pour condamner le remariage de Marie. Que deviendrait alors la petite ?

Mme de Coulanges a promis à Lisa de s'appliquer elle-même à catéchiser sa fille. Elle tient parole. Sans tarder. Quand Marie rentre de la maisonnette de Versailles, heureuse et comblée, elle trouve sur le bureau de sa chambre, bien en évidence, un livre, l'*Avis aux veuves*, le troisième tome de l'*Introduction à la vie dévote* de François de Sales.

Elle connaît l'ouvrage. C'est un extraordinaire succès de librairie, réédité sans cesse depuis sa parution voilà vingt ans. Mme de Coulanges le possédait avant même de correspondre avec Jeanne de Chantal. Un signet d'où pendent des rubans blancs a été glissé entre les feuillets du gros livre. Il s'ouvre de lui-même à la page 355.

Sans prendre le temps de s'asseoir, Marie lit :

« Les lampes desquelles l'huile est aromatique jettent une plus suave odeur quand on éteint leurs flammes. Ainsi les veuves répandent un plus grand parfum de vertu et de chasteté quand leur lumière, c'est-à-dire leur mari, est éteint par la mort. » Et un peu plus loin : « La vraie veuve est en l'Eglise une petite violette de mars qui répand une suavité non pareille par l'odeur de sa dévotion et témoigne par sa couleur moins éclatante de sa mortification. »

Alors elle s'effondre sur une chaise. Elle a compris le message. Et d'où vient le coup. A peine cherche-t-elle un peu de bonheur, un bonheur sans éclat, naturel, qu'on veut le lui voler. Elle éclate en sanglots.

A travers ses larmes, elle voit Lisa entrer dans la pièce, venir vers elle, les bras tendus. Mais elle a l'air triste, le regard plein de compassion. Les retrouvailles des deux femmes sont sans joie.

— Décidément, commence Lisa, préoccupée par la mission que lui a confiée Mme de Coulanges, votre fille est choyée de tous ici, depuis votre sœur Henriette – elle ne se lasse pas de l'accompagner en promenade –, jusqu'aux jeunes oncles – ils sont d'excellents compagnons de jeux et viennent de lui apprendre le colin-maillard. Sans parler de votre belle-sœur d'Ormesson qui, au bout de deux ans de mariage, n'a pas encore d'enfant et reporte sur la petite ses attentes de maternité.

— Oui, répond Marie, en essuyant ses larmes. C'est normal. Ma Cantaline est une enfant rieuse, blonde, rose, l'esprit vif, qui séduit ceux qui l'approchent.

— Certes, mais c'est vous, sa mère, qu'elle préfère, sa mère à la peau si blanche, aux mains si douces. Vous lui chantez des chansons qui la font rire, vous la bercez quelquefois en lui jouant du luth. En vérité, elle voudrait ne jamais se séparer de vous. Tenez, savez-vous ce qu'elle m'a demandé tout à l'heure, dès mon retour ?

— Non, ma bonne.

— De coudre sa jupe de lainage rose – celle qu'elle trouve la plus belle –, à votre jupe de velours crème, la jupe aux rubans, que vous portez souvent. « Ainsi ma mère ne pourra plus sortir sans moi. Où qu'elle aille, je la suivrai », me faisait-elle comprendre avec ses mots d'enfant et ses yeux suppliants.

Sans répondre, Marie regarde Lisa, qui détourne la tête, soudain gênée. La ruse est cousue de fil blanc. La Cantaline n'a pas trois ans. Elle n'a pu inventer cette histoire. Elle a beau être intelligente... Lisa a essayé de se conformer aux ordres de Mme de Coulanges. Elle a échoué.

Trois jours après, le carrosse armorié de Toiras s'arrête devant l'hôtel des Coulanges. Le ciel est sombre, lourd de nuages menaçants, l'air glacial. Marie n'en a cure. Elle sort, enveloppée d'un grand manteau de velours amarante, ses blonds cheveux protégés par une capuche bordée de renard gris. Elle monte dans la voiture, l'allure décidée. Derrière une fenêtre du deuxième étage, Lisa la regarde partir. Cette fois, elle n'a rien dit ni fait pour la retenir.

Alors la mère joue sa dernière carte, la belle-mère.

Les deux femmes ont sincèrement en tête le bien de Marie. Seulement ce qu'elles visent à lui procurer, c'est non pas la joie sur cette terre mais la félicité éternelle dans le royaume de Dieu. Or la jeune baronne ne se soucie pas du Ciel, elle ne pense qu'à son bonheur présent...

Un porteur spécial, dépêché d'Annecy à Paris, lui apporte, à la fin de la semaine, une longue lettre de Jeanne de Chantal.

> « Je sais bien, ma chère fille, conclut la religieuse, qu'on ne peut vivre en ce monde sans quelques contentements. Mais croyez-moi, vous n'en trouverez point de solides sinon en

Dieu, en la vertu et aux soins justes et raisonnables que vous devez prendre pour l'éducation de votre fille. Si vous voulez en prendre ailleurs, vous aurez mille angoisses de cœur et d'esprit. »

Le message est clair, la guerre ouverte. Mais Marie la douce n'est pas faite pour la guerre.

20.

Le carrosse vide

Plus besoin de mère, de gouvernante, de belle-mère, pour empêcher Marie de rencontrer Jean de Toiras.

La guerre s'en charge. La France s'engage militairement dans un conflit avec la Savoie. Jean est brusquement rappelé à l'armée pour de longs mois. Les guerres ne finissent donc jamais, gémit Marie. Toujours des batailles, des sièges, des traités rompus, des alliances renversées, des prisonniers, des morts, partout les mêmes horreurs. Et par-dessus tout l'inquiétude sur le sort de son bien-aimé.

Toiras sans cesse à la pointe des combats. Toiras investi par Louis XIII du commandement de l'armée dans le Montferrat, un passage stratégique en Piémont. Toiras, hier le vaillant défenseur de l'île de Ré contre Buckingham, aujourd'hui chargé par le roi du soin de garder la citadelle de Casal contre les Espagnols. Toiras, « le brave Toiras », surnommé désormais « le défenseur de l'Etat ». Toiras assiégé maintenant dans Casal par les Espagnols et l'habile général Spinola. Toiras qui s'inquiète du ravitaillement de ses hommes et de leur moral.

Batailles, nominations, poursuites, enfermement, famine, périls, Marie n'en peut plus d'entendre ces nouvelles.

La gloire de Toiras, elle s'en moque ! C'est l'homme qui lui importe et qui lui manque tant, son corps amoureux, sa tendresse passionnée, ses yeux caressants, sa voix qui se fait douce quand il lui parle, l'avenir radieux qu'il lui promet.

Peu de lettres de lui. Les courriers passent mal car la peste fait des ravages ici et là, dans les Alpes, à Annecy même, où la mère de Chantal refuse de quitter son couvent pour un autre, moins exposé.

Le départ de Jean à l'armée a été si soudain qu'il a laissé Marie hagarde plusieurs heures. Lui, pris de court, n'ayant aucun bijou à lui offrir en gage de sa foi, lui a donné le médaillon d'argent du roi enfant qui ne le quitte jamais. Elle tire le médaillon de sa poche et le regarde. Ses yeux s'emplissent de pleurs. Elle n'en peut plus de solitude. Après Celse-Bénigne qui n'était jamais là... Les larmes ruissellent sur ses joues.

Rongée de tristesse, épuisée par des pertes de sang de plus en plus fréquentes, elle en vient à croire que son amour pour Jean est condamné. Elle n'a pas plus tôt connu quelques moments de plaisir qu'ils lui ont été arrachés brutalement. Cet arrachement n'est-il pas le signe de la condamnation de leur passion ?

Sa mère, sa belle-mère la blâment de vouloir refaire sa vie. Les ouvrages sur la chasteté des veuves, les devoirs des femmes et des mères que Mme de Coulanges lui procure en abondance s'amoncellent sur le bureau de Marie. Oui, oui, elle les parcourt. Peu à peu, parce que l'homme bien-aimé est loin, elle se laisse catéchiser. Son tempérament ne la pousse pas à se battre. Les autres, sa mère et sa belle-mère en tête, ont peut-être raison. Qui sait ?

Pourquoi vouloir refaire sa vie ? Une femme d'ailleurs ne la fait ni ne la refait. Elle la subit. Pour son époux, elle ne vaut guère plus qu'une chèvre, pensent certains clercs.

« Et la chèvre broute où elle est attachée », Mme de Coulanges le lui a-t-elle assez répété.

Pour sortir de sa mélancolie, elle tâche de s'occuper.

Elle lit une traduction des *Commentaires* de César sur la guerre des Gaules. Un livre parfait pour les femmes qui sont amoureuses d'un guerrier ! Elle se plonge dans le *Coutumier de Bourgogne*. Il faut qu'elle sache le droit de cette province pour empêcher les Toulongeon de dépouiller sa fille. Une autre sorte de guerre !

Elle concourt avec les visitandines à ouvrir un oratoire rue Saint-Jacques, où des Pères barnabites officieront. Là, pas question de se battre. Il lui suffit d'être attentive à suivre l'affaire... et à donner de l'argent. Elle n'en a pas pour autant l'esprit distrait de son amour malheureux. En même temps elle s'acharne à broder un grand panneau de tapisserie pour une salle du couvent de la Visitation Saint-Antoine. On lui en a donné le modèle. Il représente une rencontre de François de Sales avec quelques visitandines dans une clairière. Il y a beaucoup de nuances de vert. Elle s'applique à les respecter. Elle s'applique surtout à éviter, en brodant, de trop penser à la maisonnette de Jean, perdue dans une clairière de Versailles.

Elle voudrait, à défaut d'amour, mener du moins une vie calme. Mais sans cesse, elle est importunée par des affaires d'argent. Ah, la succession de Celse-Bénigne, quelle épine !

Son père a proposé une transaction à l'avare Françoise. Des deux terres des Rabutin-Chantal en litige, elle aurait Monthelon et la Cantaline Bourbilly. Mme de Toulongeon ne s'en satisfait pas.

Les lettres de réclamation se multiplient. Au point que

la mère de Chantal, accablée pourtant du souci de ses visitandines, doit envoyer courrier sur courrier à sa fille pour calmer ses ardeurs chicanières. Marie s'en désole pour sa Cantaline. Elle voudrait que la succession de Celse-Bénigne soit enfin réglée, et être sûre que la petite disposera sans difficultés de son héritage, le moment venu.

Et puis elle sent que Jeanne de Chantal, malgré ses injonctions à Mme de Toulongeon, s'irrite de cette situation et en rend – peut-être inconsciemment – sa belle-fille responsable. Comment ? Voilà une jeune femme, la veuve de son fils unique, qui voudrait, au mépris de tous ses devoirs, se remarier. Qui tient tête à sa belle-sœur au sujet des biens des Rabutin-Chantal, elle la fille d'un financier, que son fils n'a épousée que pour sa fortune ? Ah, si on pouvait l'enfermer au couvent, et la Cantaline avec elle...

Rien n'est dit, mais Marie, toujours sensible quand il s'agit d'affection, devine ces reproches en constatant le mépris renouvelé de la mère de Chantal. N'a-t-elle pas refusé que Marie accompagne Monseigneur Frémyot dans le voyage qu'il devait faire à Annecy pour voir sa sœur ? Sous prétexte que la présence de sa nièce fatiguerait l'archevêque.

En réalité, la jeune femme se doute que sa belle-mère n'a aucune envie de la voir. Ce n'est pas la première fois que les visites éventuelles de Marie, ou sa présence, l'importunent, et qu'elle s'y dérobe allègrement. Il n'est que de se rappeler l'épisode d'Alonne. Celse-Bénigne mort, pourquoi sa belle-mère se forcerait-elle à la voir ?

En revanche Marie fait de fréquentes visites à Monseigneur Frémyot. Sa carrière a tourné court. Il est heureux de voir sa nièce, il lui est attaché. Il n'ignore pas les sorties avec Toiras, et pensant lui faire plaisir, il lui parle des nouvelles qu'il reçoit de l'armée. Cela la touche, mais elle n'ose pas évoquer directement celui qu'elle aime, la demande en mariage, les réactions de ses proches.

D'ailleurs elle sent, elle sait, qu'il ne donnerait jamais tort à sa vénérée sœur. Alors à quoi bon ? Il n'empêche. L'oncle l'aime. Elle ira le voir demain – elle aime tant qu'on l'aime. Elle y mènera sa Cantaline.

La petite a plus de quatre ans et demi maintenant. Elle pleurniche quand on la conduit à la Visitation Saint-Antoine. Elle s'échappe quand les religieuses veulent l'embrasser, la toucher avec dévotion, comme une relique vivante de la fondatrice. Elle déteste l'immense portrait de sa grand-mère dans le parloir. Il lui fait peur. Dès qu'elle le voit, elle pleure à grand bruit. Mais le bon oncle Frémyot, qui a toujours des sucreries pour elle...

Ce jour de septembre, justement, il s'avance vers Marie dès qu'elle entre dans son salon avec la petite fille.

— Des nouvelles de la guerre, d'excellentes nouvelles, s'exclame-t-il sans attendre, lui d'ordinaire si posé ! Une trêve est conclue jusqu'à la mi-octobre. De quoi permettre à notre malheureux Toiras, toujours assiégé dans Casal, de souffler un peu.

Marie rougit de plaisir. Une trêve ! Elle ne l'espérait pas. Puis elle s'interroge anxieusement : Jean va-t-il venir à Paris ? Va-t-il venir la voir ?

Le vieil homme la regarde affectueusement, lui fait porter par son valet un verre d'eau sucrée, lui effleure le front de sa main ornée de l'anneau épiscopal. Ils se taisent tous deux, émus, complices La Cantaline proteste bruyamment. Et elle, on ne lui donne pas de baisers, on ne lui donne pas de dragées ?

Oui, Toiras est revenu à Paris voir sa chère Marie. Il est harassé par le siège, qui dure depuis si longtemps, la longueur du voyage. Qu'importe ? Il est fou de désir en revoyant sa bien-aimée, un peu pâlie peut-être, mais toujours aussi belle et douce. Sur-le-champ, il l'enlève dans son carrosse et tente de reprendre dans la maisonnette de Versailles le fil de leur histoire d'amour, comme si le temps ne s'était pas écoulé.

Très vite, il trouve Marie différente, inquiète, résignée, moins ardente, pleine de culpabilité et de peurs.

Méconnaissable. On l'a changée. Il la questionne, presque avec rudesse. Elle, avec réticence, raconte ce qui la tourmente. Il découvre les pressions qu'elle a subies, ses craintes pour la Cantaline, ses remords à accepter l'amour qu'il lui offre. Il enrage de constater ce gâchis.

— Marie, ma douce, je vous sauverai de votre découragement, de vos alarmes, lui promet-il avec force.

Mais il y faudrait du temps, et il n'en a pas. Il n'a que cette misérable journée à lui consacrer. Il sera reparti avant d'avoir pu rendre la paix à cette petite femme déchirée.

Il avait tant rêvé de ce moment. Il est cruellement déçu.

Près de sa bien-aimée, dans la maisonnette embellie par les couleurs de l'automne, il se torture. Que doit-il faire ? Une demande en mariage avant son départ n'arrangerait rien, puisque le remariage est précisément le nœud de l'affaire. Et si ses gestes d'amour passionné n'ont pas apaisé Marie, ne lui ont pas rendu confiance dans leur avenir, ce ne sont pas quelques mots qui le feront.

Il n'est d'ailleurs pas sûr de les trouver, car lui-même est soucieux. Deux de ses frères, dont l'évêque de Nîmes, ont trahi le roi et participé à la révolte huguenote qui se tramait en Languedoc pendant le siège de La Rochelle. Son frère Montferrier a eu beau réitérer sa fidélité au souverain, Louis XIII envoyer une lettre admirable à Toiras pour le rassurer sur la confiance qu'il lui accorde, Jean est inquiet.

Richelieu, qui n'oublie jamais rien, n'a sûrement pas

oublié l'hostilité de Toiras quand il est arrivé au pouvoir. Certes, il lui a fait ensuite riante mine et l'a comblé d'honneurs. Parce qu'il avait besoin de lui. Maintenant la trahison de ses frères est une épée menaçante dont Richelieu pourrait bien se servir un jour.

Les amoureux referment la porte de la maisonnette. La trêve se termine. Ils vont affronter séparément leurs devoirs, leurs familles, leurs soucis. Comment réagiront-ils ? Pour l'instant, ils sont inquiets. Avant d'avoir rejoint la Place Royale, ils se sont déjà quittés.

A l'armée, la chance favorise Toiras. Spinola, l'attaquant de Casal, meurt brusquement, le 23 septembre, laissant ses soldats désemparés.

Et neuf jours après la fin de la trêve, un envoyé du pape, un Italien, un inconnu, nommé Jules Mazarin, accourt vers les troupes royales en agitant une écharpe blanche et en criant : « Alta ! Pace ! » Depuis plusieurs semaines, cet habile négociateur s'est dépensé sans relâche. Il a réussi à conclure un accord entre France et Savoie. Toiras et sa garnison sont délivrés.

Pour remercier son vaillant serviteur de sa longue et courageuse résistance, Louis XIII le nomme maréchal de France. Il viendra à Paris prêter serment entre les mains du roi au début de décembre.

La nouvelle fait sensation et se répand très vite dans la capitale.

La famille de Marie prend conscience de l'urgence de la situation. L'escapade d'octobre n'a pas été du goût des

Coulanges ni de la mère de Chantal. Décembre sera bientôt là. Il faut frapper un grand coup. Rapidement. C'est Mme de Coulanges qui s'en charge. Elle convoque Marie et Lisa dans sa chambre, un sombre après-midi de novembre. Elle ne les fait même pas asseoir.

— Je sais, ma fille, commence-t-elle, que les prétendants ne vous manquent pas. Une veuve riche est toujours convoitée. Je ne compte plus les visites qu'ils font dans cette maison pour avoir le bonheur de vous entrevoir. La plupart sont de grande famille mais désargentés. Comme ce pauvre Celse-Bénigne autrefois ! Paix à son âme, ajoute-t-elle en levant les yeux au ciel.

J'ai bien observé, continue-t-elle gravement, que vous avez eu la grande sagesse de les éloigner de votre vue. Sans doute avez-vous bien compris les messages sacrés contenus dans les livres que je vous ai prêtés. Pourtant, j'ai observé aussi, et Lisa avec moi...

— Mais, Madame...

— Ne protestez pas, ma chère. Nous avons donc observé, dis-je, que l'un des visiteurs de cette maison n'a pas été éconduit par vous avec la fermeté nécessaire. Je comprends bien qu'il s'agit d'un ami de votre défunt époux. Il n'empêche. Le temps a passé. Vous n'avez plus rien à dire à ce gentilhomme.

Marie s'apprête à répondre.

— Ne m'interrompez pas, je vous prie. Ce qui me reste à vous annoncer est de la plus grande importance pour votre fille. Elle grandit. Elle aura cinq ans en février prochain. L'âge convenable pour entrer au couvent de la Visitation de la rue Saint-Antoine... si sa mère ne souhaite pas consacrer tout son temps à l'élever.

Marie blêmit. Lisa la soutient. L'habile pression ! Ou Marie renonce à refaire sa vie avec Toiras, ou la Cantaline ira au couvent. Comme pensionnaire, bien sûr. A cinq ans, on ne fait pas profession de religieuse !

Mais Marie sait ce qu'il en est. On met l'enfant à la Visitation pour l'élever, lui apprendre à lire, à écrire, l'instruire des vérités de la religion catholique. Insensiblement elle s'habitue aux religieuses, à leur mode de vie.

Elle n'est pas malheureuse. Son argent, si elle en a, sert au couvent. On l'honore comme une bienfaitrice. La vie est pour elle un fleuve tranquille, sans grandes joies mais sans grandes douleurs non plus. Et à seize ans, elle prononce ses premiers vœux.

Mme de Coulanges regarde sa fille à la dérobée. La jeune femme ne lui répond rien. Mais son visage fermé, sa tristesse, ses yeux apeurés, ses épaules courbées parlent pour elle. Le message est passé. La chasteté de Marie sera préservée. Elle ne sacrifiera pas l'avenir de la Cantaline aux plaisirs de la chair.

La femme du financier a gagné. Pour la plus grande gloire de Dieu.

Elle est sûre de ne pas voir le maréchal de Toiras rôder Place Royale. Marie saura le lui interdire.

En route pour Paris, fier de sa promotion, Jean envoie à Marie un billet joyeux et confiant. Il va reconquérir sa bien-aimée. Il gagnera, là aussi. Il en est sûr.

> « Je prêterai serment de maréchal au Louvre entre les mains de notre roi, le 20 décembre, écrit-il. Ensuite, j'irai souper chez Martin, le contrôleur général de l'écurie royale. Un vieil ami et un homme de finances, comme votre père qu'il a, par parenthèse, en grande estime.
>
> La table du contrôleur général est des plus raffinées. J'aimerais que vous m'accompagniez à ce dîner. Vous ne serez

pas encore ma femme, mais vous le serez sans tarder, au jour qui vous conviendra. Et je vous présenterai chez Martin au tout-Paris comme l'épouse que j'ai choisie. Ce sera pour moi un vrai bonheur. J'espère que vous êtes débarrassée de vos peurs et de vos culpabilités. Nous pourrons être heureux, Marie, je le crois.

Ne connaissant pas exactement la longueur de la cérémonie, je ne pourrai venir vous chercher moi-même. Mais Thomas, mon cocher et deux de mes hommes vous attendront avec mon carrosse devant la porte de la Place Royale, comme d'habitude.

Croyez, ma douce, que mon amour est le plus profond, le plus dévoué, le plus sincère, le plus infini du monde. »

Marie a fini de lire. Elle ferme les yeux, bouleversée. Puis elle appelle Lisa :

— Dites à la nourrice, je vous prie, d'amener ma fille dans ma chambre.

Le 20 décembre, dans l'après-midi, Thomas fait arrêter la voiture de Toiras devant l'hôtel des Coulanges, du côté de la Place Royale. Il fait un beau temps d'hiver.

De sa fenêtre, Marie peut voir une portière du carrosse. Sous les armes de Jean, on a peint le bâton fleurdelysé, insigne du maréchalat. La Place est à son ordinaire peuplée de promeneurs, de cavaliers qui profitent du soleil. Que de fois elle a regardé cette Place, ses pelouses, ses passants ! Elle a revêtu une robe de chambre de laine blanche, des bottes d'intérieur en satin blanc fourrées. Elle ne sortira pas. Elle ne veut plus sortir. Elle va laisser les hommes de Jean de Toiras repartir vers lui avec un carrosse vide.

Ce soir, quand Thomas, lassé d'attendre, aura rejoint son maître et que Jean lui demandera où est son invitée, elle sera dans la chambre de sa fille à lui tenir la main et à lui chanter la chanson de Jehan de Nivelle.

Et si elle sent monter les larmes dans sa gorge, si sa voix s'enroue un peu, ce n'est pas grave.

La Cantaline continuera la chanson. Elle en connaît maintenant tous les couplets.

21.

Enfermée dans son île

L'homme qu'elle a repoussé, tout Paris veut le rencontrer.

Quand son carrosse emprunte une rue et qu'on reconnaît ses armes, on l'applaudit, on scande son nom, on exige qu'il se mette à la portière de sa voiture. Le célèbre avocat Chauvelin demande à lui être présenté. Une fois devant lui, éperdu d'admiration, il demeure muet et il éclate en sanglots.

Au fil des mois, on commente dans le salon des Coulanges, comme partout dans la capitale, la brillante ascension du maréchal de Toiras. Le financier et ses confrères, les voisines de la Place Royale, ne s'en privent pas :

— Le voilà lieutenant général des armées du roi en Italie.

— Il participe à la signature du traité de Cherasco. Un traité avantageux pour le royaume ! La guerre avec la Savoie est enfin terminée. Le duché devient une sorte de protectorat français.

— Oui, et le duc doit céder à la France sa puissante forteresse de Pignerol, à dix lieues à vol d'oiseau de Turin, sa capitale

— Au fond, la trahison de ses frères n'a pas nui à Toiras.

— Certainement pas. Pour bien montrer qu'il ne lui en veut pas et qu'il est satisfait de lui, le roi lui donne le gouvernement d'Auvergne.

— Il le charge même comme ambassadeur extraordinaire de former en Italie une ligue armée contre ceux qui voudraient troubler le repos des Etats.

— En vérité, le maréchal croule sous le poids des honneurs.

Mais tous ces beaux parleurs le pressentent : trop c'est trop. Jaloux du pouvoir grandissant du maréchal, Richelieu ne peut supporter son ingérence dans la politique étrangère. La guerre, qu'il s'en occupe. Le cardinal y consent. La diplomatie, non, c'est son affaire ! A quand la vengeance du puissant ministre ?

Tout cela, Marie ne peut l'ignorer. Et la honte la submerge. Ce guerrier adulé, elle l'a humilié. Non contente de ne pas se rendre à son invitation chez Martin, elle a laissé repartir vide le carrosse qu'il lui avait envoyé. Sans un mot. Pire. Elle a fait fi de sa demande en mariage. Sans une explication.

Alors, parce qu'elle sait qu'elle ne peut plus rien attendre de lui, elle se persuade qu'elle n'attend plus rien de la vie. Leur brève histoire d'amour est finie. Elle ne s'en consolera jamais.

Je ne pouvais agir autrement, se répète-t-elle sans cesse. Mais au fond elle n'est pas convaincue. Elle n'a pas saisi l'amour que Jean lui offrait, elle le regrette. Terriblement. Et elle ne peut arriver à surmonter ce regret.

Oh, elle ne regrette pas les succès et les honneurs qu'elle aurait partagés avec lui ! La preuve, quand survient l'heure de la disgrâce du maréchal, c'est un véritable chemin de croix qu'elle parcourt. Tant elle souffre pour lui. Elle s'afflige quand le cardinal, plus puissant que jamais depuis qu'il a dupé et éliminé de la scène politique la mère et le frère du roi, retire à Toiras le gouvernement d'Auvergne et ses appointements de maréchal. Elle est bouleversée d'apprendre que Toiras en est réduit à accepter l'hospitalité de la duchesse de Savoie, la sœur de Louis XIII, et à vivre, dans le duché, de ses aumônes.

Enfin elle est effondrée lorsque Richelieu va jusqu'à priver le résistant de Ré, de Casal, de la prestigieuse décoration du cordon bleu. La nomination était pourtant signée du roi, heureux de compter son ancien favori de chasse parmi les chevaliers du Saint-Esprit, scellée de la cire blanche du sceau de l'ordre. Elle reste lettre morte. Il suffit au cardinal de rappeler que, selon la règle, on ne peut être chevalier du Saint-Esprit quand on est absent du royaume. Et Marie sait que personne ne fera revenir Jean de Toiras en France. Surtout pas la femme qu'il aimait, qu'il avait si longtemps désirée, et qui l'a rejeté.

Elle ne le reverra jamais. L'exil de son amant en Savoie sonne le glas de leur amour. Elle en a le cœur brisé. Enfermée dans sa chambre de la Place Royale comme dans une île, elle traîne ses jours. Le soir, la valériane et la passiflore ne suffisent plus. Lisa doit lui donner de l'opium pour l'endormir. Peu à peu le chagrin la tue. Elle se vide de son sang.

Comme chaque jour de ce mois d'août, Danville, le maître jardinier de Monseigneur Frémyot, conduit son maître chez la jeune femme malade. Il fait une chaleur accablante. Les Coulanges sont partis à Montaleau emmenant la Cantaline, heureuse de vivre à la campagne, choyée par ses jeunes oncles et sa tante Henriette, mariée de fraîche date. Ils lui procurent maintes distractions.

Frémyot s'assoit au chevet de la malade et la regarde avec tendresse. Elle somnole.

Dieu, qu'elle est pâle et fragile ! Mais courageuse, quand il le faut....

Pour sa fille, elle a, malgré sa faiblesse, lutté afin que les affaires de la succession paternelle soient enfin réglées. Et lui, qui n'aime guère s'occuper d'argent, il l'a aidée de toutes ses forces. Il l'a soutenue sans cesse dans les chicanes infinies suscitées par sa belle-sœur Françoise.

Maintenant, pour cela du moins, il respire. Les transactions sont terminées. Entre autres dispositions, il est dit que Monthelon va aux Toulongeon, Bourbilly à la Cantaline. Et si la petite Mlle de Chantal y a perdu, on a échappé au procès que Françoise voulait intenter. Quant à lui, il a décidé d'avantager sa nièce par alliance. Il a certifié devant notaire que les biens légués jadis par lui à son neveu Celse-Bénigne, il les maintenait à sa veuve, au cas où l'enfant disparaîtrait avant elle. En clair, si la Cantaline venait à mourir, l'héritage d'André Frémyot n'irait ni aux Toulongeon ni aux Rabutin, mais à Marie, née Coulanges.

En fait, se dit-il en s'attristant du teint cireux de Marie, ce n'était pas la peine ! Pas la peine de prévoir ce qu'il adviendrait de mes biens au cas où la petite mourrait avant sa mère. Pauvre Marie ! L'ordre naturel des choses sera respecté. Elle mourra avant son enfant. Elle a l'air si mal ! Résignée à son sort, sans force pour lutter contre la maladie. Avec une entière indifférence de vivre ou de mourir.

Frémyot, dans la chaleur étouffante de la chambre, laisse vagabonder sa pensée. Cette mort de la Cantaline, se rappelle-t-il, ma sœur n'a pas craint de l'évoquer dans une lettre à Françoise. J'étais à Annecy près d'elle, elle me l'avait fait lire. Je me souviens encore des mots. C'était au plus fort des chicanes. Au lieu de se cantonner dans ses lénifiants appels à la modération, ma sœur avait condamné sévèrement la rapacité de sa fille :

> « Si vous aviez une juste prétention, écrivait-elle, je voudrais que l'on vous en fît contentement. Mais si vous n'en avez point, comme les titres en font foi plus clairement que le jour en plein midi, laissez faire en paix les affaires de cette pauvre petite. »

Cette dureté inhabituelle m'avait étonné. Mais Jeanne avait ajouté :

> « Si Dieu retire l'enfant, vous aurez alors de quoi vous contenter. »

Mon Dieu, faire ainsi allusion à la fortune dont hériterait sa tante Françoise, si la petite mourait...

A l'époque, la phrase m'avait choqué. Mais après tout, peut-être est-il normal de préférer sa propre fille et les enfants de celle-ci à la fille de sa belle-fille... Je l'ignore. Je sais pourtant que plus tard ma sœur a regretté d'avoir écrit cette phrase.

La chaleur est de plus en plus étouffante. Marie n'a pas ouvert les yeux. Monseigneur Frémyot se sent épuisé. Il a hâte maintenant de regagner son logis. Il appelle Danville qui s'empresse, curieux :

— Justement, Monseigneur, je viens d'apercevoir le carrosse de votre nièce Toulongeon, devant l'entrée de la rue Royale. Cette dame vient sûrement visiter la baronne de Rabutin-Chantal. Allez-vous l'attendre ?

Je n'ai nulle envie de la rencontrer, pense l'archevêque. Et il dit à Danville :

— Non, non, mon ami, je suis trop fatigué. Et pour ne pas croiser ma nièce, nous sortirons par la porte de la Place Royale.

Il baise la main de Marie, posée sur le drap bordé d'une large dentelle. La malade ouvre les yeux, le reconnaît et lui sourit. Alors il s'appuie pesamment sur le bras du jardinier et quitte Marie.

— Comme je vais souffrir de sa disparition, murmure-t-il à Danville, en s'arrêtant un instant sous les arcades de la place.

Marie est bouleversée. Françoise de Toulongeon vient de la quitter.

Comment ? Proposer que l'on mette ma fille à la Visitation Saint-Antoine ? Quelle audace ! Ah, je vois son plan ! Je vais mourir, je le sais, et elle le sait – c'est pourquoi elle a daigné venir me voir. Une fois mon enfant au couvent et moi disparue, elle gérerait ses biens et, quand ma Cantaline prononcerait ses vœux, elle lui conseillerait de faire une donation à ses cousins qui, eux, seraient restés dans le monde...

La jeune femme est folle de colère. Elle demande à Lisa de l'aider à se lever, et s'assoit devant son écritoire. Même si cela lui demande un gros effort, elle va écrire à sa belle-mère. Il en va du sort de sa fille.

Elle commence, lentement :

> « Voici quelque temps, me conformant aux injonctions – disons, pour être charitable, aux conseils appuyés de ma mère –, j'ai renoncé à un remariage honorable, qui m'aurait apporté le bonheur. Je n'ai pas douté un seul instant que vous n'ayez été l'inspiratrice de ces conseils. Rien n'a été dit entre nous d'explicite, mais au moment de quitter ce monde et ma fille, j'en appelle à votre loyauté. »

Elle reprend souffle.

> « C'était, oserais-je le dire, un marché que ma mère et vous-même concluiez avec moi, un marché tacite. Je ne

revoyais plus M. de Toiras. En échange, vous n'enfermiez pas ma fille au couvent.

Ma belle-sœur Toulongeon, je le suppose, ignore cet accord. Elle vient de me proposer de mettre ma Cantaline à la Visitation. Je compte sur vous, ma mère, quand je ne serai plus là...

Rappelez-vous mon sacrifice, mes souffrances et ce que j'en attends de vous... »

Les sanglots secouent Marie. Elle suffoque.

Lisa lui arrache la plume des mains.

— Allongez-vous sur votre lit, ma douce. Buvez cette potion. N'ayez crainte, je ferai porter votre lettre quand il sera temps.

Marie maintenant est apaisée. Elle a réclamé son luth. Lisa le lui a donné. Elle l'a embrassée, puis lui a demandé de la laisser seule un moment. Elle veut penser à sa fille, belle, joyeuse. Elle a tant de joie de vivre, cette petite. Puisse-t-elle la garder ! Oui, elle la gardera, elle vivra heureuse. Et libre, car Jeanne de Chantal se souviendra de sa prière. Alors la Cantaline fera ce que sa mère n'a pas fait, n'a pas su faire.

Et Marie, telle une bonne fée, se plaît à prédire à son enfant un avenir radieux. Elle séduira les hommes par sa beauté, les femmes, aussi. Elle aimera, elle sera aimée... Le cousin Roger, qui accompagnait un jour son père, le subrogé tuteur, chez les Coulanges, ne s'est-il pas émerveillé d'y trouver une fillette étonnante de joliesse et de vivacité ? Elle en étonnera et séduira bien d'autres, Marie en est persuadée. Elle ira à la cour, elle y brillera. Les plus grands du royaume l'admireront, citeront ses mots d'esprit. Et à la ville, elle deviendra l'amie des femmes les plus spirituelles de son temps.

Elle écrira. Assurément. Au moins des lettres. Mais des lettres qui ne seront pas tristes et destinées uniquement à sa fille. Comme les siennes... Tellement tristes d'ailleurs que Marie les a brûlées il y a quelques jours dans sa cheminée, quand elle était encore capable de le faire. Elle ne voulait pas que la petite lise un jour ces témoignages de sa pitoyable vie.

La mourante regarde ses bijoux. Lisa a posé près d'elle le coffret doublé de velours vert sombre, et ouvert le couvercle. Dieu, qu'elle a aimé la chaleur rassurante de l'or, la douce lumière des perles, l'éclat scintillant des diamants ! Un jour, la Cantaline les aimera comme elle...

Elle égrène quelques notes sur son luth. La musique un instant calme sa douleur.

Elle pense aux hommes qu'elle a connus.

A Celse-Bénigne, si séduisant, si drôle et si fou. Il est mort. Elle ne le verra pas se rider, se courber, perdre sa prestance et sa jolie figure. Il restera toujours pour elle le jeune homme qui lui apparut au printemps, couronné des feuilles naissantes du petit bois de Montaleau.

Elle pense à Jean de Toiras. Comme il l'a rendue heureuse dans la maisonnette de Versailles ! Maintenant elle va mourir. Elle a juste trente ans. Tant mieux ! Il ne verra jamais sa douce Marie se faner, perdre sa voix chantante, ses blonds cheveux...

Elle aurait tant voulu que leur amour dure ! Ce n'était pas possible. Il ne lui reste de son amant éphémère qu'un médaillon d'argent.

Cette pensée lui est insoutenable. La douleur la submerge. Le luth tombe lentement à terre.

Elle se sent glisser dans une douce torpeur. Comme dans une eau tiède. Son sang s'écoule de son corps.

La mort la saisit.

Épilogue

Le corps de la baronne de Rabutin-Chantal sera inhumé à la Visitation Saint-Antoine. Le cœur de Celse-Bénigne placé auprès d'elle.

Mme de Coulanges mourra neuf mois après sa fille, de remords et de chagrin.

Jean de Toiras moins de trois ans après sa bien-aimée. Tué par un boulet en attaquant une forteresse du Milanais.

Jeanne de Chantal refusera d'enfermer sa petite-fille dans un couvent de la Visitation.

La Cantaline sera élevée dans sa famille maternelle. Un jour, on y évoquera devant elle le maréchal de Toiras, et l'on prétendra, au mépris des dates, que sa mère aurait pu se marier avec lui si la mort n'avait emporté ce héros.

Très riche et très séduisante, Mlle de Rabutin-Chantal épousera le marquis de Sévigné, un noble breton désargenté, coureur et joueur, qui se fera tuer en duel pour les beaux yeux d'une certaine « Lolo ».

Veuve à vingt-cinq ans, elle le demeurera.

Elle écrira les plus belles des lettres d'amour.

A sa fille.

Ce volume a été composé
par Nord Compo
et achevé d'imprimer en mars 2003
par ***Bussière Camedan Imprimeries***
à Saint-Amand-Montrond (Cher)
pour le compte des éditions Lattès

N° d'Édition : 36515. — N° d'Impression : 031452/4.
Dépôt légal : mars 2003.

Imprimé en France